検事の信義

柚月裕子

角川文庫
22866

目次

第一話　裁きを望む　5
第二話　恨みを刻む　75
第三話　正義を質す　127
第四話　信義を守る　179
解説　志水辰夫　300

第一話　裁きを望む

——平成十年十二月十九日。

法廷では、検察官の論告求刑がはじまろうとしていた。

担当検事の佐方貞人が、資料を手に椅子から立ち上がる。

「本件事案の被告人、芳賀渉三十二歳は平成十年十一月四日深夜、故・郷古勝一郎宅に侵入し、同人の書斎より腕時計金五百万円相当を窃取したとして、住居侵入および窃盗の容疑で逮捕、起訴されたものであるが、法廷での証拠調べにより、本人申し立てのとおり被告人が故人・郷古勝一郎氏の実子であることが鑑定により証明され、また、時計店店主・花淵勇雄証人の証言から——」

傍聴席の端に腰掛ける立会い事務官の増田陽二は、佐方の論告を聞きながら、あたりを窺った。

冬の晴れ間の穏やかな陽が差し込む法廷の傍聴席は、思いのほか混み合っている。

米崎地方裁判所第六法廷は傍聴席二十ほどの小法廷だが、席はほとんど埋まっていた。その大半が、マスコミ関係者だ。米崎の司法記者クラブに加入している各社の記者が、この裁判の成り行きを、固唾を呑んで見守っている。

初公判の傍聴人は疎らだった。司法記者が数名いた程度だ。それが今日は、急に増えた。理由は、前回の証人尋問で、弁護人側から決定的な証拠が提出されたからだろう。

被告人は逮捕後も一貫して、無罪を主張していた。否認事件そのものは珍しいものではない。にもかかわらず、傍聴人の数が増えた理由は、前回の証人調べを受けて、警察および検察の証拠調べが「杜撰」で「不充分」だったと一部マスコミが報道し、また被告人が被害者の非嫡出子であった事実が認定されるなど、スキャンダラスな話題が世間の耳目を集めたためである。

「以上の証拠を勘案すると、本件犯行について被告人は――」

淡々と論告を読み上げていた佐方は、被告人席に目をやった。芳賀は両手を膝の上に置き、背筋を伸ばしている。唇を真一文字に結び、目は真っ直ぐに、裁判官席に向けられたままだ。

「無罪と考えます」

傍聴席に一瞬、息を呑む気配が漂った。すぐにざわめきが起こる。無罪論告は皆無というわけではないが、極めてめずらしい。全国の裁判所で、年に一、二度あるかないかだ。何人かの司法記者がメモを片手に傍聴席を立ち、慌ただしくドアに向かった。社に連絡するのだろう。

「芳賀さん。逮捕から四十四日間にわたり不当に勾留(こうりゅう)したことを、心よりお詫(わ)びいたします。申し訳ありませんでした」

佐方は、被告人席に向かい深々と腰を折った。

被告人の口元が、微(かす)かに緩む。目に柔らかい光が宿った。暗い、反抗的な目をしていた初公判のときとは、まるで別人だ。

芳賀は満足そうに肯(うなず)くと、相好を崩した。増田がはじめて見る、芳賀の笑顔だった。

米崎地検の公判部副部長室で、佐方の報告を黙って聞いていた筒井義雄(つついよしお)は、ソファの上で宙を見やった。顎(あご)を手でさすりながら、難しい顔で言う。

「それにしても、高泉(たかいずみ)はなんでこんな事案、起訴したんだろうな」

高泉荘司(そうじ)は刑事部に籍を置く新任明けの検事だ。今回、佐方が配点された案件を起訴した主任検事で、歳は佐方のふたつ下と聞いている。

増田は隣に座る佐方を見た。悔恨と同情が混じったような表情をしている。佐方は、高泉を擁護した。

「高泉には高泉なりの、勝算があったんだと思います。ですが、捜査が不充分だったと言われても、致し方ないかもしれません」

筒井が大きく息を吐く。呆(あき)れたようなため息だ。

増田はおずおずと口を挟んだ。

「証拠は、所持していた被害者の腕時計。これがあれば、逮捕されても不思議はありませんし、窃盗の無実を証明する肝心の証拠を、本人が口にしていなかったわけですから、一概に高泉さんを責めるのも酷かと……。それに次席も、大丈夫だろう、と起訴を後押ししていましたし」

次席とは、米崎地検の次席検事、本橋武夫（もとはしたけお）のことだ。筒井の上司にあたる。

事件が起きた十一月四日は、被害者とされる郷古勝一郎の、通夜の日だった。手広く不動産業を営む勝一郎は、一代で資産数十億を築いた実業家で、米崎市の名士のひとりだった。

八月半ばに体調不良を訴え総合病院を受診したところ、胆のう癌の末期であることがわかり、そのまま入院し不帰の人となった。享年七十七。

家族は妻の麻恵（あさえ）七十二歳と、長男の勝哉（かつや）四十一歳、次男の恭治（きょうじ）三十九歳だ。長男と次男は結婚し、別に住居を構えている。家には妻と本人、古くから郷古家に仕える家政婦の三人が住んでいた。

盗まれたとされる腕時計は、職人がひとつひとつ手作業で作る手巻きの高級時計で、シリアルナンバーが入った、勝一郎の愛用品だった。五百万円相当の価値があるとされている。

「犯行があったとされる日の二日前に、被告人は時計をメンテナンスのため修理に出している。それを証明する時計店店主の証言に、間違いはないんだな」

　筒井は佐方の否認事件報告書に改めて目を通しながら言った。否認事件報告書は、公判で被告人が事実を否認した事件について、期日ごとにどんな立証を試みたのか、弁護人の反証活動がどんなものであったかを報告する書類で、公判の状況を逐一、上司に知らせるものだ。

「複数の目撃証言や店側のレシート控えがありましたから、間違いないと思われます」

　髪の毛をくしゃくしゃっと掻くと、佐方は言葉を続けた。

「被告人は被害者の非嫡出子で、時計は勝一郎から形見に貰ったものだ、と弁解録取でも言い張っていました。腑に落ちないのは、時計店に修理に出したことを、なぜ公判まで黙っていたのか、ということです。腕時計が盗まれたとされる日よりも前に、自分は所持していたと言えば、無実は証明できた。なぜそうしなかったのか――」

　筒井が眼光を尖らせる。被疑者を追い詰めるときに使う、検事睨みだ。問題点を指摘するときの、筒井の癖だった。

「唯一の肉親である父親が亡くなった喪失感と、逮捕されたショックから記憶が混乱していた。法廷でそう言っているそうだな」

被告人は母ひとり子ひとりで暮らしてきた。地元の高校を卒業後、上京して私立大学の法学部に学び、米崎に支店を持つ大型書店チェーンに就職していた。母親の芳賀明美（あけみ）は今年の四月に病没している。

「この事件は、いろいろ不可思議なことが多過ぎます。このままでは、問題判決が出ることは間違いないでしょう」

検察庁としては納得しがたいものを、問題判決と呼ぶ。この案件の逮捕容疑は、住居侵入と窃盗だ。窃盗罪の容疑が崩れれば、住居侵入罪も立証できない。芳賀は無罪となる。

「どうする」

窮地に陥った我が子を見守るような目で、筒井が佐方の表情を窺った。

佐方はふたたび頭を掻くと、きっぱりした口調で言った。

「とりあえず、補充捜査をしてみようと思います」

筒井は、わかった、と言いながら椅子から身を起こした。

「次席には、俺から報告しておく」

増田は筒井の言葉を聞きながら、大事にならなければいいが、と湧き上がる不安に苛（さいな）まれた。

問題判決は検事の汚点となる。起訴した高泉もそうだが、公判を担当する佐方も、地検の控訴審議で矢面に立たされるのは確実だ。

佐方はいついかなるときも、自身の出処進退をかけて仕事に打ち込んでいる。はらはらさせられるのには慣れているが、今回の事案は公判を担当する佐方にとって、最初から勝ち目がなかった裁判かもしれない。

——運が悪い。

心でぼやき、増田は副部長室を出る佐方のあとを追った。


増田は目の前の屋敷を見上げた。

県下有数の資産家の自宅だ。優に四百坪はあろうかと思われる広大な敷地の周りは、真鍮(しんちゅう)を思わせる装飾が施された塀に囲まれていた。

レンガ調の大きな石が敷き詰められたアプローチを渡り玄関のチャイムを押すと、ドアが開いた。女性がいた。郷古家の家政婦、吉田高子(よしだたかこ)だ。

高子に導かれて客間に入る。アンティークの応接セットのソファに、スーツ姿の男性が座っていた。郷古家の長男の勝哉だ。

勝哉は昨夜、母親から地検の検事が話を聞きにくると電話で連絡を受けた。夫を亡くしてまだ日が浅いうえに、家に空き巣が入る災難に見舞われて、母は疲れ切っている。母の身が心配で、検事との話に立ち会うため自宅のある東京から駆けつけたという。

勝哉は自分がここにいる経緯を話し終えると、高子に指示した。

「母に、検事さんたちが来たことを伝えてくれ」

高子が部屋を出ていく。ほどなく、高子に連れられた麻恵が姿を見せた。

やつれた顔の麻恵が、勝哉の隣に腰を下ろす。佐方はすぐに本題に入った。

「先日、お亡くなりになったご主人の件で、お訊ねしたいことがあります」

「どうぞ」

麻恵は弱々しい声で答えた。

佐方は、空き巣に入られたと気づいた状況について訊ねた。

麻恵が、自宅に空き巣が入ったのではないか、という話を聞いたのは、通夜から自宅に戻ってすぐだった。

家のチャイムが鳴り、出ると宅配業者の男性が立っていた。少し前に届けにきたが不在だったので再配達にきた、という。男性が抱えている大きな段ボール箱には、フラワーショップの名前があった。勝一郎の友人が、故人へ手向ける花を送ってきたのだ。受けとりの判子を押してドアを閉めようとした麻恵に、男性は躊躇いがちに声をかけた。

「余計なことかもしれませんが――」

男性が言うには、最初に届けにきたとき、家の敷地から外へ出てくる人影を見たという。その人影はひどく慌てている様子だった。もしかしたら空き巣かもしれないから、なくなった物がないか調べたほうがいい、と男性は言った。

男性の話から、人影が出てきたのは勝一郎の書斎があるほうだとわかった。麻恵が急いで部屋を調べると、勝一郎の腕時計がなくなっていた。

他に盗まれた物がないことから、麻恵は芳賀を疑った。あの腕時計は、勝一郎が大事にしていた物だ。通夜にも葬儀にも参列できないことを惜しがり、形見として盗んだのではないか、そう思った。

すぐに警察に通報し、調べてもらったところ、勝一郎の書斎の窓の外に、新しい足跡痕があることがわかった。麻恵はすぐに、被害届を出した。

麻恵から芳賀が怪しいと聞いた警察は、芳賀に任意の事情聴取を求めた。調べを進めたところ、芳賀が盗まれた腕時計を所持していたとわかり、芳賀を逮捕した。

佐方は、腕時計について訊ねた。

「昨日行われた二回目の公判で、盗品とされている腕時計は、勝一郎さんが亡くなるひと月半前に、本人から東京のホテルで渡されたものだ、と被告人は証言しています。被告人が腕時計を譲り受けたという九月十五日、勝一郎さんがどこにいたか、覚えていますか」

麻恵は困惑と悲しみが入り混じった表情で首をわずかに傾げたあと、助けを求めるように息子を見た。いまは言葉を発することすら辛い。代わりにお前が説明してくれ、と訴えているようだ。視線から母親の意を汲んだらしく、勝哉が代わりに答えた。

「たしかに、親父は九月十五日に東京にいました。親父はその日、懇意にしている取引先と会う予定がありました。用事は夕方には終わるから、夕食を一緒にとらないかと誘われて、親父が定宿にしている都内のホテルに行きました。ホテルの日本料理店で食事をしたのですが、親父はその頃には、身体がだいぶ弱っていたので、酒は食前酒だけしか飲みませんでした。私は日本酒を一合ほど飲んで別れました」

「その取引先がどこの会社か、わかりますか」

勝哉は、満谷コーポレーションです、と答えた。

「満谷は都内でディベロッパーを営んでいる会社で、都内や近郊に住んでいる資産家や投資家に、地方のマンションや土地を売って、税金対策の協力をしているんです。親父とは、もう長い付き合いです」

「それを、証明するものはありませんか。たとえば、会食をした店や宿泊したホテルの領収証とか」

それなら、と言いながら勝哉は高子を見た。

「親父の書斎から、領収証を保管しているファイルを持ってきてくれないか。今年の分だけでいい」

部屋を出ていった高子は、ほどなく手に一冊のファイルを持って戻ってきた。

ファイルを受け取った勝哉は、中身をぱらぱら捲ると、あるところで手を止め佐方に差し出した。

「これがその日の領収証です」

佐方が受け取ったファイルを、増田は横から眺めた。リングで綴じるタイプのファイルには、今年の一月一日から九月の三十日分までの領収証が、日にちごとに分けて保管されている。九月三十日が、勝一郎が外泊許可をもらって自宅へ戻った、最後の日だったのだろう。

日にちだけでなく、種別で分けてある領収証を見て、増田は感心した。

「ずいぶんしっかり管理されていますね」

麻恵は故人を偲ぶように、佐方が手にしているファイルを見つめながら答えた。

「主人にとっては、日記のようなものだったんです」

麻恵の話によると、勝一郎は古希を迎えたあたりから物忘れがひどくなり、昔は暗記していた息子の家の電話番号はもとより、キャッシュカードの暗証番号や、自宅の電話番号さえも、思い出せなくなった。

見た目も気持ちも、同年代の者より若いことに、勝一郎は自負を持っていた。その自分が老いていく。ショックを受けた勝一郎は、自分の健忘症が人に悟られるのをひどく嫌がった。手帳に、自分と家人、親族の生年月日、住所、電話番号をつぶさに書き留めた。ほかにも、銀行のカードの暗証番号や、自宅に置いてある耐火金庫のロックナンバーまで記していたという。

「暗証番号なんて手帳に書いたら駄目よ、なにかのはずみで失くしてしまったら大変、って言っても拗ねたように怒って、失くしたりなんかしない、ってメモを消そうとしませんでした。主人はプライドが高い人でしたから、自分の弱みを人に見せたくなかったんです」

麻恵がそう言いながら、ハンカチで目頭を押さえたとき、無言でファイルを捲っていた佐方が口を開いた。

「九月十五日から十六日にかけて、たしかに勝一郎さんはホテルに宿泊していますね」

佐方が増田にも確認を求めるように、ファイルを差し出す。

九月十六日の領収証のなかに、定宿のホテルのものがあった。合計金額には、宿泊料金のほか、十五日にホテルのラウンジで飲んだ二人分のコーヒー代、その日の夜に勝哉ととった食事代、洋服を汚してしまったのか、ホテルに出したクリーニング代が含まれていた。

麻恵に許可をもらい、持ってきたハンディコピー機でコピーをとる。

佐方は領収証のコピーを受けとると、見ながら言った。

「この領収証には、ホテルのラウンジで飲んだコーヒー代が入っています。勝一郎さんが誰と飲んだものかはまだわかりませんが、故人は確かにこの日、誰かとホテルで会っていますね」

佐方の言葉に、それまで病人のように青白かった麻恵の顔が紅潮した。佐方を睨みつけ語気を強める。

「主人は取引先の人間と会っていたんです。間違いありません。主人があの男に腕時計を渡すはずはありません」

思いがけない語調の強さに、増田は気圧(けお)された。佐方が冷静に言葉を返す。

「それは、これから私たちが調べます」

麻恵は悔しそうに唇を噛(か)んだ。佐方を睨みながら、声を震わせる。

「蛙の子は蛙という言葉を、検事さんもご存じでしょう。盗人(ぬすっと)の子は盗人です」

麻恵がいう前者の盗人とは、芳賀渉の母親、芳賀明美のことだろう。

明美は勝一郎の長男である勝哉と、次男の恭治の家庭教師を務めていた。知り合ったとき明美は二十九歳、勝一郎は四十二歳だった。

週に二度、自宅へ勉強を教えに来る明美を勝一郎は気に入り、明美も心を寄せるようになった。どちらからともなく、ふたりは外で会うようになり、明美は勝一郎の子供を身ごもる。明美が三十一歳のときだ。出産を望む明美に、勝一郎は生まれてくる子供の認知を約束するが、妻をはじめとする親族の激しい反対を受け、渉は認知されなかった。彼の戸籍の父親の欄は、いまだに空欄のままだ。

麻恵が声を詰まらせ、ハンカチを口元にあてた。目元からこぼれる涙が、夫を失った悲しみによるものなのか、かつて夫に裏切られた心の傷によるものなのか、増田にはわからない。

勝哉は慰めるように母親の肩に手を置くと、佐方と増田を交互に見た。

「母はいまとても弱っています。今日はこのあたりでお引き取り願えませんか」

勝哉は佐方の返事を待たずに、高子に麻恵を寝室へ連れていくよう頼んだ。

郷古宅を訪れた目的は果たせた。勝一郎は、芳賀の証言どおり、九月十五日に都内のホテルに宿泊していた。それがわかっただけで、今日のところは充分だった。

まだ遺族の気持ちが癒えていない時期に来訪したことを詫び、佐方は暇を告げた。

佐方と増田は玄関を出ると、家の周りを歩いた。南向きの玄関から中庭を通り、西向きの大きな窓がある部屋の前に立った。カーテンが引かれ、中を見ることはできない。地面から窓までの高さは、身長百七十五センチの佐方の肩くらいだ。身軽な人間なら、窓に手をかけ、身体を深く沈ませて弾みをつければ、乗り越えることは可能だろう。細身の芳賀なら、楽にできそうだ。

佐方は母屋の外周をひと回りして門を出ると、客用の駐車スペースに停めてあった車に乗り込み腕時計を見た。

「十一時半。いまからなら、多少、手こずっても今日中に戻れますね」

佐方が、これから東京に向かい、ホテルで勝一郎が誰と会っていたのか裏を取ろうと考えていることは、増田にもすぐわかった。

上着の内ポケットから手帳を取り出し、新幹線の時刻表を調べる。十二時五分発があった。米崎市から東京駅まで、新幹線でおよそ二時間。ホテルへの移動を含めても、二時半には着ける。

増田は懐から携帯電話を取り出すと、筒井の直通電話へ連絡を入れた。事情を伝え、いまから東京へ向かうと告げる。

「お願いします。出張の許可をください」

筒井は東京から戻ったら、出張申請書と報告書を提出するように命じると、東京行きを許可した。

勝一郎が定宿にしていたホテル、グランフォレストは赤坂（あかさか）にあった。

ホテルの正面玄関で、タクシーから降りた佐方と増田を、ベルボーイが出迎える。

増田はボーイに客ではないと告げて、職名を明かした。

「ある事件を担当していますが、関係者が九月にこちらのホテルを利用していることがわかりました。詳しい話を伺いたいので、責任者にとりついでいただけませんか」

ボーイは増田の隣にいる佐方を目の端でちらりと見た。不審の色が浮かんでいる。

ボーイがイメージしている検事像は、仕立てのいいスーツに身を包み、高級そうな革鞄を手にした、テレビドラマに出てくるような人物なのだろう。皺が寄ったスーツを着て、髪も手櫛で整えただけの佐方を、本当に検事なのか、とボーイが疑いたくなる気持ちもわかる。

増田は急いで、検察事務官証票を提示した。

見た目はどうあれ、身元に偽りはない。ボーイはふたりに丁重に頭を下げると、ロビーで少し待つように言い残し、コンシェルジュの方へ足早に歩いていく。

増田は目の端で、佐方の様子を窺った。佐方はいつもの無表情な顔で、トレンチコートのポケットに手を入れたままどこを見るでもない目つきで、視線を遠くに投げている。

増田は新幹線の車中から携帯電話で、勝一郎がラウンジで会ったことになっている満谷コーポレーションへ連絡を入れた。会社側によると、九月十五日に勝一郎とグランフォレストで会った社員はいないとのことだった。

増田はデッキから席に戻り佐方に電話の内容を報告した。

佐方は、そうですか、と答えたきりなにか考え込むように、車窓を眺めた。

やはり、勝一郎がホテルのラウンジで会っていたのは芳賀渉なんでしょうか、そう訊ねたい気持ちを抑え、増田は黙って椅子にもたれた。

勝一郎は家族に嘘をついていた。それが、地検にとって望ましくない事実であることは、増田も理解していた。

相手が芳賀なら、無実の証明にまた一歩近づく。米崎地検は、無実の人間を起訴したことになる。米崎地検の信頼を、いや、検察庁全体の信頼を、著しく損なうことに繫がる。佐方も内心、穏やかではないはずだ。

ロビーで待っていると、さきほどのボーイが、スーツ姿の男性を連れてきた。歳は五十に手が届くか届かないくらいだろうか。男性はホテルの支配人で、黒崎と名乗った。

黒崎は佐方と増田を、ラウンジの隅にあるテーブルへ案内すると、改めて事情を訊ねた。

増田は経緯を説明し、ホテルの宿泊記録の確認と、勝一郎がラウンジで人と会っていた時間帯に接客を担当していた従業員から、話を聞きたいと頼んだ。

常連客の死を聞いて、黒崎は神妙な顔をした。

「郷古さまには長年にわたり、当ホテルをご利用いただきました。まことに残念です」

黒崎はそばにいたベルボーイに、宿泊記録の確認を命じるとともに、九月十五日の日中にラウンジを担当していた者を、この席へ呼ぶよう指示した。

黒崎が頼んだコーヒーがテーブルに置かれると同時に、ベルボーイが席に戻ってきた。後ろに制服姿の若い女性を連れている。女性は新野春奈（しんのはるな）という名で、九月十五日の日中、シフトでラウンジに入っていた、とボーイが説明する。

春奈はボーイの後ろに隠れるようにしながら、緊張した面持ちで、佐方と増田に頭を下げた。黒崎は春奈に、自分の隣の席に着くように命じる。春奈は落ち着かない様子で椅子に座った。

ボーイは黒崎に、ふたつに折りたたんだ一枚の紙片を手渡し、自分の役目はここまでとでもいうように、深々と頭を下げて去っていった。

黒崎はボーイから受け取った紙を開いて内容を確認すると、向かいに座る佐方と増田が読みやすいように向きを変え、テーブルの上に置いた。

「たしかに、郷古勝一郎さまは、九月十五日から十六日にかけて宿泊されています。これが記録です」

佐方がテーブルの上に置かれた紙片を手にする。ざっと目を通すと、増田に差し出した。ホテルの宿泊記録のコピーだった。勝一郎は、九月十五日の二時半にチェックインし、翌日の十二時にチェックアウトしている。

ところで、と佐方は、春奈に目を向けた。

「勝一郎氏はチェックインしたあと、このラウンジで人と会っています。私たちは勝一郎氏が誰と会っていたか確かめたいのですが、覚えておいでてしょうか」

増田は床に置いていたビジネスバッグから、急いで二枚の写真を取り出した。一枚は勝一郎、もう一枚には芳賀の顔が写っている。

増田はテーブルに勝一郎の写真を置いた。

「この男性に見覚えはありませんか」

春奈は写真を手に取り、顔を近づけてじっと眺めた。やがて、増田を見ると肯いた。

「覚えています。このラウンジで、お連れさまとコーヒーを飲んでいらした方です。お名前はたしか、郷古さまとおっしゃいました」

佐方が身を乗り出して訊ねる。

「その連れというのは男性ですか、女性ですか」

「男性です」

男性の特徴を確認したあと、佐方は増田に、芳賀の写真を見せるよう指示した。

差し出された芳賀の写真を見て春奈は、この人です、と答えた。

「確かにこの男性ですか。人違いとか、見間違いとかではありませんか」

佐方の問いに、春奈は自信ありげに、きっぱりとした口調で言う。

「間違いありません。この方です」

春奈の話によると、ふたりは長い間、ラウンジでコーヒーを飲んでいたが、いきなり勝一郎が声をあげた。ソファに置いていた背広の上着に、コーヒーをこぼしてしまったのだ。

春奈はおしぼりを手にし、急いでふたりのテーブルに駆け寄った。コーヒーをこぼしたのは連れの男性だったらしく、勝一郎に何度も頭を下げて謝っていた。

勝一郎はおしぼりで上着を拭いている春奈に、ホテルのクリーニングに出してくれるよう頼んだ。

「お客様は、クリーニング代を部屋につけてくれとおっしゃいました。よく見かけるお客様ですし、そのときに部屋番号と名前をおっしゃったので、お顔と名前を憶えているんです」

ホテルの領収証に、クリーニング代とあったのは、コーヒーで汚してしまったスーツを出したものだったのだ。

「そして、あなたは上着をクリーニングに出しに行ったんですね」

佐方の確認に、春奈は首を振った。

「上着は連れの方が、フロントに持って行かれました」

「連れが？」

増田は思わず聞き返した。ホテルの雑用は、従業員の仕事だ。なぜ、春奈ではなく芳賀がフロントへ持って行ったのか。

驚いた声の調子から、増田の疑問を悟ったのだろう。春奈は隣にいる黒崎の顔色を窺いながら、仕事を怠ったわけではありません、と慌てて首を振った。

「私がクリーニングに出しに行こうとしたら連れの男性が、自分がフロントに持って行くから、君はこの場の後始末をしてください、とおっしゃったんです。連れの方は私が引き止める間もなく、席を立って行ってしまいました」

「連れの男性が、席に戻ってきたのはどのくらいあとですか」

佐方の問いに、春奈は小首を傾げて少し考えていたが、十分くらいでしょうか、と答えた。

「私が汚れたソファと床を掃除し終わったときに戻っていらしたので、たぶんそのくらいだったと思います」

佐方はわずかな沈黙のあと、春奈に訊ねた。

「ふたりは会っているあいだ、どんな様子でしたか」

漠然とした質問に、どう答えていいのかわからないらしく、春奈は戸惑った表情をした。佐方が言葉を補足する。

「あなたが感じたままでいいんです。楽しそうだったとか、なにか込み入った話をしているようだったとか」

春奈は記憶の糸を懸命に辿っているのか、眉根を寄せた。迷いを見せながら答える。

「覚えている限りでは、楽しそうな感じではありませんでした。むしろ、なにか深刻なお話をされているみたいでした。特に年配の男性は、困ったような、悲しみをこらえているような、そんな顔をされていました。隣のテーブルが女性の四人連れで、そのお客様たちの賑やかさと対照的だったことを覚えています」

増田は、黒崎と春奈に気づかれないように、肺に溜まった息をゆっくりと吐いた。

春奈の話から、芳賀の供述に間違いがないことが明らかになった。

芳賀は窃盗事件があったとされる十一月四日より前に、勝一郎と会っていた。この時に腕時計を受け取った可能性は高い。

増田は隣に座る佐方を見た。心なしか、顔が蒼く見える。

佐方はテーブルに落としていた視線をあげると、対応してくれた黒崎と春奈に礼を述べ、席を立った。

ホテルを出た増田と佐方は、東京駅へ向かった。

ホームに立つと、滑り込んできた新幹線に煽られた冷たい風が頬を打った。あまりの寒さに、思わずコートの襟を立てる。

佐方はトレンチコートの前を閉じようともせず、平然と遣り過ごした。

佐方の生まれは広島だが、大学は北海道だ。寒さに慣れているのだろうか。

ぼんやりそんなことを考えていると、佐方がぽつりと言った。

「芳賀渉は、無実ですね」

佐方の言葉に息を詰めた。吹き付ける風が、さらに冷たさを増す。

増田は、はい、と答えた。そう答えるしかなかった。

米崎地検に戻ったのは、夜の八時過ぎだった。副部長室で佐方から報告を受けた筒井は、腕を組んだまましばらく動かなかった。

椅子の背にもたれたまま、睨むように佐方を見る。

「その話に、間違いはないんだな」

筒井の机の前で、佐方は立ったまま答えた。

「芳賀渉の供述に偽りはありません。芳賀渉と郷古勝一郎は、九月十五日に都内のホテルで会っています。公訴事実は間違っていました。彼は無実です」

筒井は眉間に寄せた皺をさらに深くした。

「どうするつもりだ」

佐方は即答した。

「次の公判で、無罪を論告します」

無罪は正しく無罪にすべきである、というのが佐方の考えだった。

「無罪は正しく無罪に、か」

佐方の主張を、筒井は瞑目しながら繰り返す。

罪はまっとうに裁かれなければならない。たとえそれが検察にとって不利益なものになるとしても、そうあらねばならない。佐方が抱く信念は、筒井の信念でもある。佐方の考えに、筒井も心では賛同しているはずだ。その筒井が、眉間に皺を寄せる理由を、増田はわかっていた。

米崎地検の次席検事、本橋武夫の存在だ。

本橋は問題判決がでることを極端に嫌うことで有名だった。正義の軸となる検察が信頼を損なうようなことがあってはならない、というのが本橋の口癖だった。佐方は、次回の公判で、本橋の主義に背く論告を行おうとしている。報告を受けた本橋が、すんなり通すとは思えない。本橋をどう説得し、許可を得るか。そこに頭を痛めているのだ。

佐方は筒井に申し出た。

「次席には、私から報告します。今事案の否認事件報告書は読まれているはずです。そのうえで、今日判明した事実を述べれば、次席も理解してくださると思います」

筒井は目を開けると、いや、と強い口調で佐方を制した。

「次席には俺から説明する。お前は自分が担当している事案の処理だけ考えろ」

佐方に限らず、ひとりの検事が抱えている案件は、両手足の指の数では収まらない。芳賀の次回公判は、一週間後だ。そのあいだ、佐方はほぼ毎日、別の案件で地裁の法廷に立つ。明日も午前と午後に公判が入っている。

難役を押し付けたことに、申し訳なさを感じているのだろう。神妙な面持ちで視線を下へ落とし肯いた佐方に、筒井はいつもの張りのある声で言った。

「そんなしみったれた顔するな。俺たちの職務は、正しい裁きが行われるためにあるんだ。課せられた職務を全うすることに、なんの問題がある」

以心伝心というやつか。佐方は無言で頭を下げ、出口へ向かった。

増田は朝のコーヒーを淹れ、佐方の席へ運んだ。

マグカップを机の上に置く。書類に目を通していた佐方は、顔をあげていつものように礼を言った。

増田は自分の席に着くと、キャビネットから書類を取り出した。決裁が終わった一件記録のコピーだ。このファイルに、公判の流れと結審の記録を綴じれば、案件の処理は終わる。

順に確認していくと、芳賀渉の案件が出てきた。思わず手を止め、一件記録を眺める。

書類を見つめたまま動かない増田を不審に思ったのだろう。佐方が声をかけた。

「なにか、書類に不備でもありましたか」

増田は慌てて首を振った。向かいの席に座る佐方に、芳賀の書類をかざす。

「郷古家の家族は納得いかない様子でしたが、芳賀の無実を証明できてよかったですね。一件落着です」

佐方は無表情に、そうですね、とつぶやいた。

検察側が論告を行う芳賀渉の公判は、四日前に開かれた。佐方は筒井に報告したとおり、無罪を論告した。郷古家に空き巣が入ったとされる十一月四日以前に、芳賀が盗品と考えられていた腕時計を所持していた事実が判明した以上、窃盗罪も住居侵入罪も、無実は明白だった。裁判官は即日、無罪判決を言い渡した。

増田は書類を手元に戻すと、大きく息を吐いた。

「次席のところでもっと揉めるかと思ったんですが、意外とすんなり通したので驚きました」

佐方が曖昧な表情で肯く。

顔色が冴えない。心ここにあらず、といった顔つきだ。増田は訊ねた。

「どうしました。体調でも優れませんか」

佐方は、はっとして、いいえ、と首を振ると、顎に手を当てた。言おうか言うまいか迷っているような素振りをしていたが、なにかを決意したように、強い視線を増田に向けた。

「芳賀渉ですが、やはり腑に落ちないことがあるんです」

逮捕された時点で、腕時計を修理に出していたことをなぜ言わなかったのか、いまだに解せない、と佐方は言った。

公判のなかで佐方は、被告人に重ねて訊ねている。

――ショックと喪失感で記憶が混乱していた。

――単純に、うっかり忘れていた。

芳賀はそう答え、他意がないことを強調した。

「芳賀の言動を見ていると、まるで起訴されることを望んでいたように思えて仕方がないんです」

増田は半ば呆れながら笑った。

「起訴されることを望む人間なんて、いるでしょうか」

増田の意見を肯定も否定もせず、佐方は黙って椅子の背にもたれた。ふいに、佐方の直通電話が鳴った。

電話に出た佐方の顔が、ぱっと明るくなる。あまり感情を表に出さない佐方にしてはめずらしい。いったい誰からの電話なのだろうか。

佐方は嬉しそうに顔をほころばせると、見えない相手に頭を下げた。

「今回はありがとうございました。南場さん」

南場輝久、芳賀を送検した米崎東署の署長だ。南場とは、以前、所轄で起きた事件をきっかけに、たまに酒を酌み交わす間柄になっている。

米崎東署の刑事課には、芳賀渉の案件で、補充捜査の協力を求めていた。芳賀が勝一郎と連絡をとっていたか否かの確認をとるため、芳賀の携帯履歴の洗い出しを東署へ指示していたのだ。捜査の結果、ホテルで会う五日前にも、勝一郎と芳賀は連絡をとっていたことがわかった。

芳賀の裁判が結審したあと、佐方は南場へ礼の電話を入れた。南場が出張で不在だったため伝言を頼んだらしいが、その件で電話をしてきたのだろう。

ふたりはしばらく、お互いの近況を報告しあっていた。増田は机に向かって仕事をしながら、聞くともなく互いの遣り取りを聞いていたが、穏やかだった佐方の声が、急に張り詰めたものに変わった。

「それは本当ですか」

増田は思わず机から顔をあげた。

佐方は険しい表情をしたまま、受話器を耳に押し当てている。時折、相槌を打つだけで、なにも話さない。

部屋の空気が緊迫する。

「わかりました。ありがとうございます」

佐方は難しい表情のまま、南場との電話を切った。佐方が受話器を置くと同時に、増田は急いて訊ねた。

「どうしたんですか。南場さん、なんの用事で電話をかけてきたんですか」

佐方は机に肘をつき、顔の前で手を組んだまま答えた。

「履歴の確認を求めていた芳賀の携帯に、本橋さんへの発信履歴が残っていたそうです」

「次席の——」

自分でも驚くほど、大きな声が出た。

佐方が肯く。

「発信日時は、十一月五日の夜八時十五分。芳賀が逮捕される前日です」

増田は混乱した。どうして芳賀の携帯履歴に、次席の番号が残っているのか。ふたりは知り合いだったということか。電話をかけた日が、芳賀が逮捕される前日というのは偶然だろうか。

言葉を失っていると、佐方がぽつりと言った。

「本橋さんには、高校一年生になる娘さんがいるそうです」

佐方の話によると、いまから二か月ほど前、東署の捜査員が万引き常習者の余罪捜査のため、米崎市内の書店やCDショップを回っていた。

チェーン店ではどこの店にもたいてい、本部にあげる、万引き報告書というものが保管されている。店の入り口や壁に、万引きを見つけたときはすべて警察へ連絡する、という内容のステッカーがよく貼られているが、現実はそうはいかない。被害届を出すと、警察に呼ばれ、被害者側の調書を取られる。一度で済めばいいが、悪質な犯罪で送検事案になると、二度、三度ということもあった。従業員はその都度、何時間も拘束されてしまう。どこの店も、店員に余裕があるわけではない。万引きが起こるたびに重要な労力を失っていては、仕事にならないのだ。

そのような理由から、店は万引きを発見しても、はじめてなのか常習なのか、被害額はどのくらいなのかを考慮し、警察へ連絡しない場合がある。万引き犯が未成年者のときは特にそうだ。その代わり、始末書は必ず書かせる。住所、学校名、担任の先生の名前、親の職業や連絡先など、個人情報はほぼ網羅する。身柄の引き取りに、保護者を店に呼ぶことも多い。

東署管轄の書店の万引き報告書に、次席の娘の名前があったというのだ。

「次席の娘が万引きをしていた、ということですか」

佐方は苦しそうに肯いた。

「娘さんの万引き報告書があった店の名前は、朝夷堂書店です」

増田は思わず短い声をあげた。芳賀が勤めている書店だ。

「朝夷堂書店では、本部へ報告するため万引きした本人の始末書を取っているそうです。その書類には両親の名前と連絡先、職業を記入する欄があり、そこに本橋さんの名前と職業が記されていたそうです」

報告を受けた南場は、ぜったい他言はするな、と担当者に緘口令を敷いた。この話は担当者と自分しか知らない。誰にも言うつもりはなかったが、今回、佐方が担当した案件の被告人が、地検の次席検事と連絡をとっていたことがどうしても気にかかり、連絡してきたのだという。

担当する事件と無関係なら、佐方もこの事実を、増田に告げないはずだ。増田に話したのは、事務官と検事は事件に関してはすべての情報を共有すべき、という佐方の持論からだろう。

増田は回らない頭で必死に考えた。

「事実を調べ、無罪論告をしたのは佐方さんです。次席が仕向けたわけではありません。いつもは問題判決に苦い顔をする次席が何も言わなかったのは、無罪を証明する揺るぎない事実の積み重ねがあったからでしょう。芳賀と次席に繋がりがあったことには驚きましたが、だからといって、なにかが変わるわけではありません。今回の事案と通話記録は、無関係と考えていいのではないでしょうか」

多分に、希望が入っていた。親しい知人でもない被疑者と地検の次席が、逮捕の前日に連絡を取り合っていた。裏があると疑われても、仕方のない話だ。誰が聞いても、不審を抱くだろう。自分たちの仕事に間違いはなかった、そう思いたいだけだった。

佐方は何も答えず、部屋の一点を鋭い目でじっと見つめている。

わずかな沈黙がやけに長く感じられた。

佐方が冷静な声で、増田に切り出した。

「いま増田さんの手元にある芳賀の一件記録のコピー、私に貸していただけませんか」

急いで、芳賀の書類を佐方の席へ持っていく。受け取った佐方は、礼を言うと一件記録を開いた。

「もう一度、最初から読み返します」

もう判決が出た事件の一件記録を、読み返す理由がわからない。訊ねたかったが、佐方は怖いくらい真剣な顔をしている。声をかけるのが憚られ、なにも言わないまま席へ戻った。

抱えている案件は山ほどある。粛々と処理を進めなければならない。そう思いながらも、頭の中は芳賀と次席のことでいっぱいだった。

気を取り直して別の案件の裁判記録を開きかけたとき、増田の机の電話が鳴った。

交換の女性が口にした名前に、増田は耳を疑った。

井原智之だった。井原は県下最大の法律事務所、井原法令綜合事務所の代表弁護士で、佐方とは痴漢の迷惑防止条例違反の事案を巡り、過去に裁判で闘っている。

「佐方検事はいらっしゃるかな」

交換が取り次いだ電話の向こうで、井原が増田に訊ねた。佐方に折り入って話があるという。

増田はすぐに電話を、内線で佐方に繋いだ。井原の名前に、佐方も驚いたようだ。

検察官と弁護人としてふたりが争った裁判は、佐方が被告人の有罪を立証し、検察が勝った。井原は周到な準備を施し、巧妙な反証活動を行ったが、最後はうっちゃりに近い形で、佐方の粘り強い捜査とまっとうに罪を裁かせるという信念の前に敗れた。

敵味方にわかれて争い、憎まれ口を叩いていたが、佐方の能力を高く買っている様子は、井原の言葉の端々から窺えた。

電話は井原が一方的にしゃべっている。佐方は短い相槌を打っているだけだった。

井原との電話は、二、三分で終わった。

井原の用事はいったいなんだったのか。増田が訊ねようとしたとき、佐方が先に口を開いた。

「今から十分後に、井原さんが来ます。すみませんが、井原さんが訪ねてきたら応接室に通して、お茶を出してくれませんか」

公判部は相部屋だから刑事部のときのように、個別の検事室がない。客と会うときは応接室を使っている。

今日は朝から、思いもよらないことが立て続けに起きている。なにか不測の事態が起こる予兆のように感じる。

増田は承諾の返事をすると、来客を迎える準備に取り掛かった。


応接室のソファに座る井原は、はじめて会ったときと変わっていなかった。違っていることといえば、春物だったスーツが上質な冬用になっていることくらいで、身にまとっている威圧感は健在だった。

「忙しい優秀な検事さんの時間を、急に奪うような真似をしてすまなかったな」

相変わらず皮肉めいた物言いだ。佐方が苦笑いして首を振ると、増田が出したお茶に手を伸ばしながら、井原は続けた。

「まあ、そう言う私も暇じゃない。今日、ここに来た理由だが、これを見てほしい」

井原はすぐに本題に入ると、ソファの横に置いていた鞄から、書類袋を取り出した。土地の権利書などが入る厚手のものだ。

佐方は受け取ると、中身を手にした。

表紙を見た佐方が、井原に目を移す。

「遺言書のコピーですか」

井原が肯く。

「実物はうちの事務所の金庫に移して、厳重にしまってある」

「いったい誰の」

佐方の質問に、井原は表紙を捲ればわかる、と答えた。

表紙を開いた佐方の顔が、途端に険しくなった。射るような視線を井原に向ける。

「先日亡くなった、郷古勝一郎氏のものですか」

増田は息を呑んだ。思わず横から書類を覗き見る。遺言者欄に、郷古勝一郎の名前がある。

佐方は遺言書を声に出して読み上げた。

「遺言者、郷古勝一郎は、次のとおり遺言する。次の者は、遺言者と芳賀明美との間の子であるから、遺言者はこれを認知する。本籍、米崎県米崎市――」

遺言者の本籍と筆頭者を読んだあと、佐方は遺言書の作成日をつぶやいた。

「平成十年九月二日。遺言者、郷古勝一郎」

佐方は遺言書のコピーを書類袋に戻し、テーブルに置いた。息を詰めていたのか、ソファの背にもたれ、大きく吐き出した。

「これを、なぜ井原さんが」

佐方は訊ねた。

井原は増田が出した茶で口を湿らせると、テーブルの上の書類袋を眺めた。

「私は郷古家の顧問弁護士でね。選任されてもう二十年以上になる」

井原が言うには、今年の九月はじめに、勝一郎本人から、内密に話がある、と連絡があり、市内にある人目につかないホテルの一室で会った。約束の時間に部屋を訪れた勝一郎は、病を患い自分はもう長くはない、と井原に告げた。ついては、自分の死後の財産分与に関わる遺言書の執行人を、井原に頼みたいという。

手渡された遺言書を読んだ井原は、眉間に皺を寄せた。

そこに書かれた内容は、勝一郎が外で産ませた子供である芳賀渉を、認知するというものだった。

家人や親族は、この遺言書の内容を了承しているのか、と訊ねると、勝一郎は首を振った。

涉の認知は誰も望んではいない。自分も、親族の反対に押されて、ここまで認知問題を放置してきた。だが、この世を去る日が目前に迫ったいま、自分の過ちで苦労をさせた涉のことが、どうしても頭から離れない。

涉の母親は今年の四月に、やはり病で他界している。たったひとりの母親を失い、天涯孤独となる涉が不憫でならない。

かといって、いまさら家族を説得することは不可能だ。妻や長男にはこれまで何度も、頑強に拒絶されてきた。時間もない。病は一日一日、確実に体力と気力を奪っていく。

だから、と勝一郎は、縋るような目で井原を見た。

「私の四十九日が過ぎたら、この遺言書を遺言執行人である君の手で、役所に届け出てもらいたい。親族たちも、もうこの世にいない死人には、なにも言えないだろう」

井原は郷古家と、公私ともに付き合ってきた。ふたりの息子の結婚式にも参列している。妻と息子たちが、父親が犯した過ちを受け入れ、再び家族として過ごすようになるまでの時間を、井原は知っている。

当時、まだ子供だった息子たちは成人し、家庭を持ち子供までいる。いまここで芳賀を認知すれば、勝一郎は悔いなくあの世へ旅立てるだろう。しかし、残された者はどうなる。不倶戴天の敵とまで妻が言い切った浮気相手の子供が、遺言で認知されることは許しがたい、と感じるはずだ。ことは財産問題にも波及するだろう。勝一郎ひとりの感情で芳賀を認知することが、郷古家の幸せに繋がるとは思えなかった。

井原は、目の前の遺言書を破棄するよう勝一郎を説得した。

最初、勝一郎は井原の説得に耳を貸さなかった。ぜったいに渉を認知する、と言い張った。しかし、時間をかけ、死後認知が引き起こすであろう混乱と不幸を諄々と説明すると、最後は涙を浮かべ、項垂れて承諾した。

勝一郎は、自宅の土地と上物を妻名義にするかわり、残りの資産は妻とふたりの息子に平等に分け与えることとした。

翌日、同じホテルで勝一郎と会い、新しく作成した遺言書を確認した。四十九日が過ぎ、妻や息子たちの気持ちが落ち着いた頃に、書斎の金庫から取り出して執行してほしいとの頼みを受け、井原は勝一郎と別れた。

その後、勝一郎はあの世へ旅立ち、井原は依頼されたとおり、四十九日を過ぎた昨日、郷古家へ赴き、金庫を開けて勝一郎が残した遺言書を確認した。

「金庫のなかに入っていた遺言書が、それだ。私がホテルで、勝一郎氏に破棄するように言ったものだ」

増田は、テーブルの上に置かれている書類袋を見た。

佐方は井原に訊ねた。

「井原さんに説得されて、一度は思い直した勝一郎さんが、やはり心残りで破棄しようとしていた遺言書を残したということですか」

いや、と井原は強く否定した。

「それはない。私は勝一郎氏が亡くなる一週間前に、本人を見舞った。勝一郎氏は点滴に繋がれた状態でベッドに横たわっていて、弱々しい声で私に告げた。死後認知は諦(あきら)めた。渉には事情を説明し、詫びを込めた自分の気持ちを置いてきた。もう思い残すことはない――と」

井原は身を乗り出し、真正面から佐方を見据えた。

「芳賀は、なんらかの方法で破棄されたはずの遺言書を手にいれ、金庫のなかに保管されていた本物と差し替えたんだ」

井原の声には、確信が込められていた。どうしてそこまで、言い切れるのか。視線から増田の疑問を察したのだろう。井原は説明した。

「知人に民間の指紋鑑定事務所をやっている者がいてね。そいつに、うちの事務所の金庫にしまってある実物の遺言書に指紋が残っていないか、確かめてもらった」

「出ましたか」

佐方が意気込んで訊ねる。

井原は肯いた。

「遺言書には、指紋を拭き取った形跡があった。しかし、指紋は出た。関係者以外のね。完全には拭き取りきれなかったんだろう」

「その指紋は、芳賀のものだったんですか」

井原は首を振った。

「いくら私でも、許可を得ない人間の指紋の照合まではできない。だから、ここに持ってきた。間違いなく、遺言書に残っていた指紋と、芳賀の指紋が一致するはずだ」

井原は定型サイズの封筒を佐方に渡した。

中には黒いシートがあり、そこにはひとつの指紋が銀色に浮き上がっていた。

増田は勢いよく佐方に顔を向けた。

「すぐに指紋を照合しましょう。もし、井原さんの言うとおり、遺言書から出た指紋が芳賀のものと一致したら、芳賀はやはり窃盗を行っていた可能性が高い。正規の遺言書を盗み、自分に都合がいい、かつてのものとすり替えたんです。目的は腕時計ではなく、遺言書だった。きっとそうです。早急に芳賀を再逮捕して取り調べを……」

そこまで言って、増田ははっとした。

芳賀を、再び窃盗罪で裁くことは不可能だ。

――一事不再理。

佐方も気づいているらしく、険しい顔でつぶやく。

「憲法第三十九条。何人も、実行の時に適法であつた行為又は既に無罪とされた行為については、刑事上の責任を問はれない。又、同一の犯罪について、重ねて刑事上の責任を問はれない」

芳賀は住居侵入および窃盗で起訴された裁判で、無罪判決を受けた。いま新たに、遺言書のすり替えが判明したとしても、同じ日時と場所で起きた、同じ行為については重ねて処罰されない。つまり、改めて裁判を行い罰することはできないということだ。

「そういうことだったのか……」

身体から力が抜けていく。増田は肩を落とし、ソファに身を沈めた。

佐方は背を丸め、顔の前で手を組むと、そこに敵がいるかのように空を睨んだ。

「私は、なぜ芳賀が自ら起訴を望むような行動をしたのか、ずっと腑に落ちなかった。その疑問が、この遺言書で解けました。芳賀は、最初から遺言書のすり替えを計画していたんです」

佐方が推論を話しはじめる。

死期を悟った勝一郎は、芳賀の認知を改めて考えたが、井原に説得されて考え直した。しかし、どうしても芳賀に対する強い自責の念は消えない。

勝一郎は、自分が大切にしていた腕時計を形見として渡すと同時に、井原から破棄するように言われた遺言書を、自分の気持ちとして芳賀にホテルで手渡したのではないか。

遺言書を見た芳賀は驚いただろう。

子供のころから、母子家庭であることを負い目に感じてきたかもしれない。父親がいたら、と考えたこともあるだろう。長年、望んでいた認知を承認する書類が目の前にある。

芳賀はとっさに、渡された無効の遺言書を有効にする方法を考えた。

遺言書が、勝一郎の書斎の金庫に保管されていることは、勝一郎本人の口から聞いていた。

手っ取り早い方法は、勝一郎の書斎へ侵入し、金庫のなかにある遺言書をすり替えることだ。

芳賀が渡された遺言書は、勝一郎本人が作成したものだ。書類そのものにはなんの不備もない。問題は、どうやってそれを成し遂げるか。

お互いの近況を伝えあうなかで、勝一郎が自分の老いによる物忘れを芳賀に自嘲気味に語り、自宅の電話番号や、銀行カードの暗証番号、自宅金庫の鍵の番号など、ありとあらゆるものを手帳に書いている、と語ったとしてもおかしくない。

勝一郎は、芳賀とホテルのティーラウンジで会っているときに、背広にコーヒーをこぼされクリーニングに出している。上着をフロントへ持って行ったのは、芳賀だ。そのときに背広に手帳が入っていたとしたら、芳賀が金庫の番号を控えたとも考えられる。

佐方の推論を聞いていた井原が、横から口を挟んだ。

「もし勝一郎氏が、そのとき手帳を所持していなかったらどうなる」

佐方は井原を見た。

「ふたりはホテルのラウンジを利用しています。ホテルから外に出るなら別ですが、ホテルから出ない場合、カードキーをいちいちフロントに預けないでしょう。カードキーを入れるとしたら上着のポケットだ。ズボンでは折れ曲がる心配がある。上着に手帳が入っていなかったとしても、カードキーを使って部屋に入り、そこで手帳を見つけて金庫の暗証番号を手に入れた。カードキーは、ポケットに入っていた、との理由をつけて返せばいい」

井原は感心したように聞いていたが、諸手（もろて）をあげて賛同するのも癪（しゃく）なのだろう。その可能性はある、と言うに留めた。

佐方が続ける。

「遺言書と金庫の鍵の番号を手に入れたまではいいが、そのあと芳賀は悩んだ。なにかしら予期せぬことが起きて、自分が不法侵入したことが警察に知れたら、どうしたらいい——結果、被害者宅から出てきたところを宅配業者の人間に見られて、警察に逮捕されたが——そう考えたとき、芳賀の頭にある法律が浮かんだ」

井原が難しい顔のまま、つぶやいた。

「それが、一事不再理か」

「芳賀は法学部の出身です。法律をよく知らない者なら別ですが、法律を学んだ者ならば知っていて当たり前です」

芳賀は、勝一郎から受け取った腕時計を利用することを思いついた。

一度、腕時計の窃盗で起訴されて無罪判決を受ければ、のちに遺言書のすり替えが見つかった際、刑事訴訟法上、新たに起訴することはできない。

「だから、芳賀は、勝一郎氏と会ったときの詳しい日時や、腕時計を修理に出していた事実を言わなかったんです。不起訴にされないように」

「そこまでは遠からず当たっていると思う。しかし、まだ疑問が残る」

井原が佐方の推論に水をかけた。

「認知が目的ならば、そんな面倒なことをしなくても、認知訴訟を起こせばいい。法律を学んだ者なら、認知訴訟くらい知っているだろう。なぜ、彼はしなかったのか」

そこまで言うと井原は、話を打ち切るように、勢いよくソファから立ち上がった。

「その疑問を解くのは弁護士の仕事じゃない。君たち捜査機関の仕事だ」

井原はテーブルの上の、遺言書のコピーが入った書類袋を手にすると、佐方に向かって書類袋をかざした。

「芳賀が遺言書をすり替えたという事実が判明したときは、すぐに連絡をくれ。芳賀が犯した罪を、刑事事件としては裁けないが、民事で遺言の無効を訴えることができる。ただし、あまり時間はない。私はこの遺言書が有効であるならば、故人の意向にしたがい、十日以内に家庭裁判所へ提出しなければいけないのでね」

早急に頼むよ、そう言い残し、井原は応接室を出ていった。

部屋のなかに重い空気が立ち込める。

佐方の推論が正しければ、佐方は——検察は、芳賀にしてやられたのだ。

——佐方は芳賀に負けた。

かける言葉が見つからない。佐方がゆっくりソファから立ち上がった。

「すみません。ちょっと屋上へ行ってきます。すぐに戻ります」

煙草を吸いに行くのだ。

部屋を出て行く佐方の背中を、増田は黙って見送るしかなかった。

使った湯呑を片づけると、増田は屋上へ向かった。

佐方がひとりになりたい気持ちは理解できた。芳賀に敗北した屈辱に、打ちのめされているのだろう。寒風が吹きすさぶ屋上で、灰色の空を見上げながら、ひとりで煙草をふかしている佐方を想像する。痛々しくて、佐方のもとへ駆けつけずにはいられなかった。

　息を切らして階段を上がり切る。屋上へ続くドアを開けた。

　思ったとおり、佐方は上着の前も閉じず屋上のフェンスに腕を預け、遠くを見ていた。佐方がふかす煙草の煙が、吹き付ける風に流され消えていく。

　いつになく佐方の背中が小さく見える。いざ、屋上へ赴いたはいいが、かける言葉が見つからず、ただ立ち尽くすしかなかった。

　開けたままになっているドアが風で軋（きし）み、佐方が増田の方を見た。

「増田さん」

　佐方が少し驚いたように声をかける。

　増田はここに来た理由を必死に考えた。だが、すぐには浮かばない。しどろもどろになりながら、どうでもいいことを適当に口にする。

「ちょっと新鮮な空気でも吸おうかと、思いまして……」

　そう言って作り笑顔を佐方に向けたとき、突風が吹いた。くしゃみをしながら、寒さに身を硬くする。

佐方がスタンド式の灰皿で煙草を揉み消し、増田に近づいてきた。

「増田さん、お願いがあります」

力強い声に、はっとした。佐方を見ると、いつもと変わらない表情でこちらを見ていた。ほかの者からすれば、表情がないように見えるだろう。しかし、いつもそばで佐方を見ている増田には、目に強い力が宿っていることが感じられた。佐方が事件に関して、なにかしらの突破口を見つけたときに見せる目だ。

「吉田高子さんに連絡をとって、できるだけ早く地検に来てもらえるよう頼んでもらえますか。訊ねたいことがあります」

吉田高子とは、郷古家の家政婦だ。

高子は芳賀の不法侵入に関して、法廷でも口にしなかったなにかを知っていると思う、と地検に呼ぶ理由を佐方は説明した。

「警察の取り調べでは、不法侵入者――私は芳賀だと確信していますが――は勝一郎氏の書斎の窓から侵入したとされていました。その方法は、窓にこじ開けた形跡がないことから家政婦の鍵のかけ忘れとしています。うっかり失念していたとしたら、その逆も考えられますよね。家政婦が鍵をかけ忘れずに、窓が施錠されていた場合です。もし、窓に鍵がかかっていたとしたら、芳賀はどこから侵入しようとしたんでしょう。玄関や裏口には防犯カメラが設置されています。リビングや客間となっている和室の外には、なにかが通ると感知して点灯するライトが取り付けられています」

増田は頭に浮かんだ考えを述べた。

「バールのようなものをあらかじめ用意していて、死角になっている窓を割って侵入しようとしたのではないでしょうか」

佐方はあり得ないというように首を振った。

「郷古家の窓は、すべて防犯ガラスになっています。プロの空き巣でも窓を割って入ることはほぼ不可能です」

増田は返答に困った。防犯ガラスになっていることを知らずに行ってみたら、たまたま書斎の窓に鍵がかかっていなかった、とは考えづらい。芳賀は一事不再理を利用して「完全犯罪」を成功させた男だ。用意周到に計画を練る人物が、偶然に頼って行動を起こすとは思えない。

佐方はドアに向かって歩きながら、言葉を続ける。

「おそらく芳賀は、書斎の窓に鍵がかかっていないことを、はじめから知っていたんです。だから、すんなりと侵入できた。となると、鍵をわざとかけなかった人間がいる」

「それが、吉田高子だというんですか」

佐方は隣を歩く増田を見た。

「彼女以外、芳賀をなかに引き入れる人間が思いつきますか」

増田は首を振った。麻恵や息子たちをはじめとする親族たちは、みな芳賀を疎んじている。家に出入りしている人間で、唯一、芳賀と確執がなく、家のなかへ引き入れることができる人物は高子しかいない。でも、なぜ高子は芳賀に手を貸したのだろうか。

増田は疑問を口にした。

「それを調べるために、彼女から話を聞くんです」

増田は佐方を追い越すと先にドアを出て、階下へ続く階段を、上ってきたときとほぼ同じ速度で駆け下りた。

約束の七時ちょうどに、高子は地検を訪れた。

増田のあとについて、取調室へ向かう高子は、捜査協力者ではなく被疑者のようだった。すれ違う者と目を合わせるのを恐れているのか、ずっと俯いている。背を丸め項垂れるようにして歩く姿は、生贄の羊のようだ。

取調室の机を挟んで、佐方と向かい合って座ると、高子は深々と頭を下げた。

佐方は高子に、頭をあげるよう声をかけた。

「こちらが頼んできてもらったんです。私が頭を下げることはあっても、あなたが下げることはありません。今日はお忙しいなか、地検に足を運んでくださりありがとうございます。もう、今日の仕事は終えられたんですか」

佐方の丁寧な対応に、高子はさらに戸惑ったらしく、ええ、とか、はい、と曖昧な返事しかしない。

高子の緊張を解こうとしているのか、佐方は事件には関係のない雑談をする。とりとめのない会話が続き、強張っていた高子の表情が緩んだ頃合いを見て、佐方は高子を呼び出した用件を切り出した。

「今日、あなたをお呼びしたのは、郷古家に不法侵入者が入り込んだとされたときの状況を、改めてお聞きしたかったからです」

高子は戸惑いながらも、ゆっくりと話しはじめた。

勝一郎が亡くなった日、勝一郎の亡骸は病院から戻り、自宅で一晩過ごした。翌日の午前中に、通夜が行われるセレモニーホールへ移り、そのまま火葬が執り行われたという。

「奥様とふたりのご子息、親族の方たちは、勝一郎さまのご遺体と一緒に家を出られて、翌日、葬儀が終わるまでご自宅には戻られませんでした」

「高子さんも、ですか」

佐方が訊ねる。

高子は、そうです、と答えた。

「ずっと奥様のそばについていたので、通夜の日の午前中から、翌日の葬儀が終わるまで、私もご自宅へは戻っていません」

「普段、家の戸締りは高子さんがしているのですね」

空き巣が入った当日、書斎の窓に鍵をかけ忘れたことを責めていると思ったのか、高子は再び頭を下げた。

「すみません。私がもっとしっかりしていれば、こんなことは起こりませんでしたのに」

項垂れたまま顔をあげようとしない高子を、佐方はしばらくじっと見つめていたが、やがてぽつりと言った。

「あなたは、芳賀渉をどう思われますか」

高子はびくりとして、顔を上げた。

勝一郎が外に作った子供が、今回の事件の被疑者だったことは、高子も知っている。

「私はただの家政婦です。検事さんの質問に、どう答えていいかわかりません」

佐方は椅子にもたれると、静かな、しかしはっきりとした口調で、言った。

「では質問を変えましょう。事件当日、あなたは書斎の鍵を、わざとかけなかったのではないですか」

平静を装おうと努めてはいるが、佐方を見つめる高子の目には怯えが浮かんでいた。自分の心を見透かしている検事に対する恐れと不安が入り混じる視線は、佐方の言葉に間違いがないことを物語っていた。

佐方は屋上で増田に話した自分の推論を、わかりやすい言葉で高子に説明した。

「いま私が話したことでおわかりいただけたと思いますが、書斎の窓が開いていることを前提に考えなければ、今回の一連の出来事は起こり得ないんです。そう考えると、鍵を開けたままにすることができる人物は、高子さん、あなたしかいません」

高子の顔から血の気が引く。唇はわなわなと震えていた。

しばらくのあいだ、高子はなにか思案するような顔で言葉を発しなかった。が、なにを言っても目の前にいる検事を騙しとおすことはできないという結論に達したのだろう。

胸につかえていた迷いを払拭するように大きく息を吐くと、高子は独り言の態でつぶやいた。

「渉さんは、なにも悪いことはなさっていません。ただ、自分の血を分けた父親の死を、故人の思い出が詰まった書斎でゆっくり偲びたい、そう思っただけです」

俯いていた顔をあげると、高子は先ほどまでとは違う落ち着いた目で佐方を見た。

高子は、書斎の鍵を開けておいたのは自分だ、と佐方の推論を認めた。それは勝一郎の遺志で、自分は主人の命に従っただけだという。

進行する病のせいで、勝一郎は衰弱が激しくなった。誰もが迎えの日は近いと思いはじめたある日、身の回りの世話をするために病室を訪れた高子に、自分が亡くなったら、通夜の日に書斎の窓の鍵を開けておいてくれ、と勝一郎は頼んだ。

高子は最初、勝一郎は痛み止めのモルヒネのせいで意識が混濁し、自分がなにを言っているのかわからなくなってしまったのだ、と思ったという。だが、勝一郎が続けて口にした、渉という名前で、正気であることがわかった。

郷古家に長く仕え、息子たちの守り役も務めてきた高子は、家庭内で起きた問題のすべてを知っていたといっても、過言ではなかった。当然、家に家庭教師として通ってきていた渉の母親、明美のことも、明美と勝一郎の間に生まれた渉のことも知っている。渉の認知を一族で反対した騒動も目の当たりにしていたし、血を分けた息子を認知できずに苦しむ勝一郎も見ている。

「今年の春に、明美さんが亡くなったことを知った旦那さまは、ひとりになってしまった渉さんのことをひどく心配していらっしゃいました。旦那さまは昔から、奥様や息子さんたちには言えない辛さを、家政婦である私の前では口にすることがありました。このときも、渉さんに自分がなにかできることはないか、考えていらっしゃる様子でしたが、今度は旦那さまご自身が病に倒れてしまわれました」

勝一郎は病院のベッドの上で、九月の半ばに渉と会ったことを高子に話したという。そのときに、形見として自分が大事にしていた腕時計と、認知したくてもできなかった気持ちをわかってもらいたいがために、破棄するはずの遺言書を渡してきたと言った。

「旦那さまはおっしゃいました。自分が死んだら、通夜の夜に渉が自分に会いにくる。とは言っても、正面から会えるわけではない。渉は、通夜や葬儀に参列できる立場ではない。誰にも迷惑をかけないから、せめて、父親の匂いが残っている書斎で死を悼みたい。少しのあいだでいい。その日の夜だけ、書斎の窓の鍵をかけないでいてほしい、と頼まれたのだそうです。自分が生きているあいだ、渉にはなにもしてやれなかった。せめてそのくらいの願いは叶えてやりたい、旦那さまはそう言って涙を零されました。だから私は……」

そこから先は、言葉にならなかった。高子の嗚咽が、部屋のなかに響く。

高子の代わりに、佐方が言葉を続けた。

「だからあなたは、勝一郎さんの言うとおり、書斎の窓にだけ鍵をかけず、通夜会場のセレモニーホールへ出かけた」

高子は深く肯くと、渉を擁護した。

「渉さんは御線香をあげることもできず、ただひとり、書斎で父親の死を悼んでいただけです。家に忍び込んだことは悪いことかもしれません。でもそれは、故人の遺志でもありました。渉さんが腕時計を盗んだ疑いは、裁判で晴れました。私はこの話を、検事さん以外の誰にもするつもりはありません。話したところで、事実はなにも変わらないし、誰も幸せにはなれません。私の胸のなかだけに、ずっと仕舞っておこうと思います」

増田は記録をとりながら、やるせない気持ちになった。

高子が思っている事実と、佐方と増田が把握している事実は違う。

芳賀が勝一郎に、通夜の夜に鍵を開けておいてほしいと頼んだ理由は、父親の死を悼むだけではなく、遺言書をすり替えるためだ。遺言書を入れ替えるために、金庫の鍵の番号を手に入れ、通夜の日に書斎へ忍び込めるよう仕組んだ。

高子と佐方が知っている事実を照らし合わせて一致していることは、勝一郎と芳賀は、お互い認知を望んでいたということだけだった。

高子が帰ったあと、取調室の椅子の上で佐方が言った。

「すべてが、繋がりましたね」

佐方が言うすべてというのは、十一月四日に起きた郷古宅への住居侵入事件と、それに関わる芳賀の腑に落ちない言動、芳賀の携帯に残っていた次席の携帯への発信履歴のことだ。

遺言書のすり替えを成功させるために一事不再理を計画した芳賀は、住居侵入および窃盗罪で必ず起訴されなければならなかった。そのために利用したのが次席の本橋だ。おそらく芳賀は、検事の娘が万引きをしたという事実を周りに知られたくなければ、自分を起訴に持ち込めと脅迫した。

娘の咎を人に知られたくなかった次席は、刑事部の高泉に起訴の方向で動くように誘導し、その案件を公判部の佐方が担当するように仕向ける。佐方の性格ならば、事実を認定すれば無罪論告をするだろうと考えた。芳賀の思惑どおり事は運び、芳賀は完全犯罪を成し遂げた。

「それが、私の推論です」

佐方が言い終わると同時に、取調室のドアがノックされた。

増田がドアを開けると、同じ公判部の赤石検事の事務官がいた。科捜研から佐方宛てに急ぎの書類が届いているという。

科捜研からの書類。急ぎで頼んだ、遺言書から検出された指紋と芳賀の指紋の照合結果だ。

赤石から封筒を受け取り、佐方に渡す。

増田が思ったとおり、封筒の中身は芳賀の指紋の照合結果だった。結果は、ふたつの指紋は一致しているというものだった。

やはり、芳賀が遺言書をすり替えたのだ。

佐方が椅子から勢いよく立ち上がり、ドアを開ける。

増田は急いで後を追った。

「佐方さん、どちらへ」

佐方は廊下を足早に歩きながら答えた。

「筒井さんのところです」

佐方は前を見据えたまま、強い口調で訴えた。

「芳賀を職務強要罪で逮捕し、起訴します」

遺言書のすり替えは、憲法第三十九条の一事不再理の原則によって、もう我々にはどうすることもできない。井原に事実を伝えて民事で処理してもらう。すり替えた遺言書は、勝一郎本人が作成したものだ。捏造したものではない。遺言書が本物である以上、採めることは必至だ。しかし、井原が必ず無効になるよう導くはずだという。

「遺言書の件はどうにもならない。でも、このままでは終わらせません。芳賀が犯したもうひとつの罪、職務強要罪は必ず償わせます」

静かだが、佐方の声には犯罪者への強い怒りがこもっていた。

佐方の後ろから増田は、紺色のスーツの背中に向かって声を張った。

「罪はまっとうに裁かれなければならない、そういうことですよね」

佐方は、なにかに気づいたように足を止め、増田を振り返った。増田の目を見つめ、深く肯く。

「そうです。罪は、まっとうに裁かれなければなりません」

自分に言い聞かせるような口吻だった。

「行きましょう」

再び歩き出した佐方の背を、増田は追った。

佐方のあとに続き、勢い込んで副部長室へ乗り込んだ増田は、佐方の報告を受けた筒井の言葉に呆然とした。隣にいる佐方も、唇をきつく結び納得がいかないという表情で立ち尽くしている。

佐方は筒井を睨みながら、責めるような口調で訊ねた。

「筒井さんは、目の前で行われている罪を黙過しろとおっしゃるんですか」

筒井は肯定も否定もしない。ただ、腕を組みじっと宙を睨んでいる。

自分の推論を述べ、次席の確認を取るとともに芳賀の事情聴取を行うという佐方に、筒井が発した言葉は、待て、というものだった。

すぐにでも動け、と命じられると思っていた増田は面食らった。佐方も増田と同じ考えだったらしく、動揺を隠せないでいる。

「芳賀を起訴することに、なにか問題があるんですか」

佐方は筒井に詰め寄る。筒井は、芳賀を強要罪で起訴した場合のことを考えろ、と言い返した。

必要な証拠をそろえ、立件して起訴となれば裁判になる。次席が証言台に立たされれば、どのような弱みを握られて恐喝されていたのか証言しなければならなくなる。娘の万引きが広く知れるところとなり、娘はもとより、次席の家族は世間から非難を浴びることになる。

「被害額の大小にかかわらず、万引きは犯罪だ。次席の娘は罪を犯した。その罪は、芳賀に見つかり始末書を書かされた時点で、加害者と被害者の間での示談が成立し、捜査機関の手を離れている。では次席はどうなのか。脅されて、芳賀を起訴するように仕向け、公判で無罪判決が出るよう画策したかもしれない。たしかに道義的には問題がある。だがそれが、法に触れるわけではない。家族の醜聞を世間に晒し、これ以上苦しめるのか」

佐方は筒井の机に両手をつくと、身を乗り出した。

「では、芳賀はどうなんですか。彼は職務強要罪を犯しています。起訴しないということは、犯罪者を見逃すということです。警察や検察は、正義が正しく行われるためにある。その職務についている自分たちが、罪を見逃すようなことをするんですか」

筒井は射るような目で佐方を見た。

「機械的に法律を適用することが、必ずしも正義だとは限らない」

佐方が言葉に詰まる。

「芳賀を職務強要罪で起訴したと仮定して、やつに求刑できるのは、せいぜい懲役一年だ。おそらく判決では猶予が付くだろう。芳賀は刑務所に入ることもなく社会に留まるが、次席の家庭はどうなる。万引きしたことが学校や友人たちに知られた娘が、傷つかないと思うか。学校で苛められ、家に引きこもり、心に深い傷を負うことになるかもしれない。子供の苦しむ姿を見る親の気持ちが、お前にわかるか」

佐方はなにも言わない。いや、言い返せずにいるのか。

増田も同じだった。芳賀を罰することで、自分たちは職務を遂行したという充実感を覚えるだろう。しかし、その陰で苦しむ人間がいたとしたら、達成感はたちまち、自分の判断は果たして正しかったのかという迷いに変わり、ともすれば罪悪感さえ抱くかもしれない。

筒井の言葉に、増田は半ば心で肯きながらも、やはり芳賀をこのままにしておくのは納得いかなかった。

筒井は机の前に立ち尽くすふたりの部下の心中がわかっているらしく、いつもの表情に戻り、くつろぐように椅子の背にもたれた。

「安心しろ。俺に考えがある」

筒井は、次席には自分が佐方の推論をそのまま持っていく、と言った。

「次席も検事の職責と、家族を守りたいという気持ちの狭間で苦しんだだろう。気持ちはわかる。俺にも子供がいるからな。しかし、秋霜烈日のバッジを与えられている俺たちが、犯罪者に屈することは断じて許されることではなく、見逃すことはできない。次席も逆の立場だったら、俺やお前たちと同じように考えただろう」

筒井の表情が、わずかに曇る。

「その次席が、今回、自分がとった行いを他人の口から告げられたらどうするか」

自問自答するようなつぶやきの答えを、筒井は持っているようだった。佐方の胸にある答えも同じらしく、厳しい顔で唇をきつく結んでいる。増田も、心に浮かんだ答えがひとつだけあった。おそらく、筒井や佐方と同じものだ。

──自分だったら、辞任する。

筒井が重くつぶやく。

「次席は昔から責任感が強い。今回の責任は自らがとるだろうよ」

部屋に沈黙が広がる。破ったのは筒井だった。

「芳賀だが」

筒井は、次席から芳賀の件に話を切り替えた。

「井原弁護士は、遺言書がすり替えられた事実が判明した場合、無効を民事で訴えると言っているらしいな」

佐方が肯く。

増田は、法廷で見た芳賀の笑顔を思い出した。遺言書が無効になると知った芳賀は、どんな顔をするだろう。

芳賀の計画は阻止した。しかし、職務強要罪を問えない芳賀に対し、まだ納得がいかない自分もいた。佐方も同様らしく、表情は翳ったままだ。

筒井は、ふたりを見やりながら訊ねた。

「芳賀が遺言書をすり替えた理由はなんだと思う」

わかりきったことを訊ねる筒井を不思議に思う。自分を勝一郎の子供として認知させるため、ひいては、遺産相続の権利を得るためだ。

増田が答えると筒井は、首を振った。

「認知させるだけならば、認知訴訟を起こせばいい。DNA鑑定をすれば、勝一郎の子供であることは証明できる。住居侵入や遺言書のすり替えなどという面倒なことをしなくても、目的は果たせたはずだ」

筒井の言うとおりだ。井原もそこを突いていた。

――なぜ、芳賀は、遺言書のすり替えなどという危険を冒したのか。

筒井は視線を遠くへ投げると、再び椅子の背に身をゆだねた。

「佐方の報告を聞いていて、昔、扱ったある事件を思い出した。些細な口論に端を発した傷害事件で、犯人は十九歳になったばかりの少年だった。少年は仕事の帰り道でかつての同級生と出くわし口論となった。かっとなって殴ったところ、相手が道路に倒れてな。打ち所が悪く、二か月後に死亡した。傷害事件は傷害致死事件に変わり、その案件が、新米だった俺のところへ配点されてきた」

少年は高校を卒業するまで養護施設で暮らしていた。両親はいない。生まれてすぐ、病院の前に捨てられていたという。

「取り調べの際に、どうして口論になったのか訊ねたら、少年は怒ったように、親なしとからかわれたからだと答えた。それまでにも、少年には親がいないことが理由で苛められた経験があった。でも、問題を起こしたことはない。それなのに、なぜ、今回は手が出るほど激昂したのか。そう訊ねると、少年は悔しそうに唇を嚙んで俯いた。その目に、見る間に涙が浮かんだ」

少年はその年の春、高校を卒業し、飲食店に勤めた。料理人になるのが夢だったという。

就職希望を出すときに、自分の戸籍謄本を持ってくるように言われた。役所へ足を運び、自分で戸籍を取ったのだが、受け取った戸籍を見た少年は、深い絶望に襲われたという。

戸籍には、自分の名前しかなかった。両親の欄も兄弟の欄も空欄だった。

少年には、養護施設で兄弟同然に育った子供たちがいる。本当の肉親のように思っていたが自分の名前しか載っていない戸籍を見て、自分は独りなのだと、強く思った。

その悲しみを死亡した同級生は抉った、と少年は嗚咽の合間に答えたという。

「芳賀は春先に母親を亡くしたばかりだったな」

筒井の問いに佐方が、はい、と答える。

「母親の死亡を市役所へ届けたときに、芳賀は自分の戸籍を見たはずだ。父親の欄は空欄で、母親の欄にあった名前には斜線が引かれている。たったひとりの戸籍を見たとき芳賀は、俺がいま話した少年と同じように、激しい孤独を感じたとは思わないか。その芳賀が、認知を拒んでいた父親から、認知をすると記された遺言書を渡される。無効な遺言書を見ながら、この遺言書が有効だったら――そう芳賀が望んでも不思議ではない。むしろ、人としてそう感じる方が自然だと俺は思う」

胸につかえた疑問が晴れたのだろう。佐方は大きく息を吐いた。

「芳賀の目的は、自分から法的手段を使うのではなく、父親の手で実子と認めてもらうことだったんですね」

筒井は椅子の上で身体を揺らしながら、肘掛けに両手を置いた。

「目的——というより、望みだな。芳賀は父親に実子と認めてもらうため、裁きを望んだ」

父親は亡くなり、自分がすり替えた遺言書は結局、無効のままとなる。裁きを望み、一計を案じてまで芳賀が欲したものは、一生手に入らない。

佐方が、下に向けていた顔をあげた。なにかが吹っ切れたような表情をしている。

佐方は姿勢を正すと、筒井に向かって言った。

「いまから井原弁護士に、芳賀の指紋が、郷古家の金庫にあった遺言書から検出された指紋と一致したと連絡を入れます。彼はすぐに動くでしょう」

佐方は次席の件については、触れなかった。それが、芳賀を職務強要罪で起訴することを止めた筒井への、佐方の返事だった。次席の件は、筒井に一任するということだ。

筒井は佐方の言葉にしない返事に対して、わかったとも任せろとも、言わない。ただ、うむ、と肯いただけだった。

筒井は椅子の肘掛けを両手で強く叩くと、背もたれから身を起こし、佐方と増田を見た。

「井原弁護士へ連絡を入れたあと、なにか用事はあるのか」

増田は腕時計を見た。まもなく十一時になろうとしている。

時間を確認した途端、一気に疲れを感じた。さすがに今日はもう、気力も体力も限界だ。

筒井はふたりの返事も聞かず、勢いよく椅子から立ち上がると、壁のフックにかけていたコートを羽織った。

「早く井原弁護士へ連絡を入れて来い。それで今日の仕事は終いだ。行くぞ」

こんな遅くにどこへ行くというのか。

筒井はコートの胸元を右手で叩いた。

「外は寒いが、俺の懐は、今日は暖かいんだ。美味い酒を奢ってやる」

筒井が飲む店は、行きつけの飲み屋、「ふくろう」と決まっている。

佐方は増田に向き直ると、少しだけ表情を緩ませた。

「増田さん、筒井さんの言葉に甘えましょう。今日は飲みたい気分です」

佐方の表情から、飲みたい気分、という言葉には、さまざまな感情が含まれているのがわかる。芳賀にしてやられた悔しさや、次席への複雑な思い、そして、孤独を抱えながら自分のアイデンティティを探し求める者への、哀愍と励ましといったようなものだ。

あまり酒は飲めない口だが、なんだか増田も飲みたい気分になってきた。

声をあげる。

「そうですね。行きましょう」

筒井は飲む気満々の部下を見やりながら、釘を刺した。

「臥龍梅はだめだぞ。今日は懐が暖かいと言ったが熱燗じゃない。温燗だからな」

佐方が含み笑いした。増田もつられて笑う。

タクシーを拾って待っている、という筒井に一礼し公判部へ向かう。

廊下を歩きながら、佐方がつぶやく。

「俺はまだまだです」

筒井の懐の大きさには敵わないということか。

佐方さんがまだまだなら、自分はさらにまだまだです、そう答えようとしたとき、佐方が足を止めて声をあげた。

「増田さん、雪です」

佐方の視線を追って窓の外を見ると、白い小さな結晶が空から落ちていた。この冬はじめての雪だ。

地検のそばにある喫茶店のイルミネーションが、ひときわまぶしく見える。

まもなく日付が変わる。クリスマスイブだ。

クリスチャンではないが、聖なる日の雪は、人を厳かな気持ちにさせる。

「佐方さん、これからもよろしくお願いします」

自然に言葉が出た。

佐方と筒井の下でこれからも働きたい、そう素直に思えた。

改まった言葉に驚いたのか、佐方が不思議そうに増田を見る。増田は立ち止まったまま動かない佐方を急かした。

「急ぎましょう。筒井さんが待っています」

増田は公判部に向かって歩き出した。先ほどとは逆に、佐方が増田を追う形になる。綻(ほころ)んでいる顔を見られたくなくて、増田は佐方に追い抜かれないよう、足を速めた。

第二話　恨みを刻む

増田は読みかけの書類から顔をあげると、外の景色に目をやった。

窓から地検の庭が見える。六月下旬の明るい陽ざしが、敷地に植えられた樹木に降り注いでいる。

米崎地検のフロアは閑散としていた。大半は受け持ちの裁判で地裁に出かけている。午後のまどろみ――昼食を摂り終えたばかりの増田は、微かな眠気を覚えた。あくびが出そうになり、手で口元を隠す。刹那、向かいから名前を呼ばれ、はっとして顔をあげた。

「増田さん、ちょっといいですか」

慌ててあくびを嚙み殺す。

声をかけたのは増田の担当検事、佐方貞人だった。任官四年目の若手検事で、現在、公判部に籍を置いている。

椅子の背にもたれて書類を読んでいる佐方は、そのままの姿勢で言葉を続けた。

「ちょっと、気になることがあるんです」

増田は椅子から立ち上がると、机を回り込んで佐方の側へ行った。

「なんでしょうか」

「これです」

佐方は前を向いたまま、後ろに立っている増田に見えるように、書類を掲げた。表紙に「平成十一年（七）第五九八号　覚せい剤取締法違反（所持、使用）に係る事件」とある。被疑者は旅館従業員、室田公彦、三十四歳だった。

増田は、ああ、と声をあげた。

「いま、私も同じ事件の一件記録を読み返していたところです」

室田は、いまから三週間近く前の、六月二日に逮捕された。

米崎西署の生活安全課銃器および薬物犯係の主任、鴻城伸明巡査部長が、スナックを経営する武宮美貴から、室田が覚せい剤を自宅に隠し持っているとの情報を得た。

室田には覚せい剤所持で、二度の逮捕歴があった。十三年前は初犯で執行猶予がついたが、七年前の再犯時は懲役二年六月の実刑判決を受け、刑務所に収監されている。

情報には具体性と信憑性があると判断した鴻城は、美貴の証言をもとに家宅捜索令状を取り、部下の捜査員を伴って室田のアパートへ乗り込んだ。捜索の結果、トイレのタンクのなかから、ビニール袋に入れテープで貼り付けた注射器と覚せい剤のパケ、○・二グラムが発見された。室田は覚せい剤所持の現行犯でその場で逮捕。西署へ引致され、尿検査を受けた。

検査の結果、室田の尿からは覚せい剤の陽性反応が出た。本人も使用を認めたことから、西署は室田の容疑を固め、翌日、米崎地検へ送検した。

身柄つきで送られてきた室田の案件は、米崎地検刑事部の笠原浩太が担当した。本人の弁解録取および、警察からあがってきた一件記録から、被疑事実に合理的疑いの余地はない、と判断した笠原は、一度目の勾留期限中に室田を起訴した。刑事部から送られてきた室田の事件の公判担当検事が、佐方だった。

書類が手元に来たのは、先週の金曜日だ。

検事の仕事は決して楽ではない。ひとりにつき、つねに数十件の案件を抱えている。佐方と増田も同じだ。公判を控えた案件をいくつも持っているため、送られてきた案件を、すぐには熟読できない。その日のうちに書類にはざっと目を通すが、隅々まで読み込むのは後日になることが多かった。

「その事件が、どうかしましたか」

増田は今日の午前中、室田の一件記録に目を通したが、自分が見る限り、気になる箇所はなかった。室田が覚せい剤を使用していたことは明白で、公判で事実認定が覆るとは考えられない。いったいなにが気になるのか。

佐方は書類をぱらぱらと捲ると、あるページで手を止めた。

「ここです」

椅子ごと増田を振り返り、書類を差し出す。佐方が開いたページは、鴻城に情報を伝えた美貴の証言が記されている箇所だった。

美貴の証言内容は、以下のとおりだった。

いまから四週間前の五月二十四日、月曜日。美貴は自分の子供が通う小学校へ、子供を迎えに行った。子供の名前は千夏（ちなつ）という。市内の西山（にしやま）小学校の三年生で、毎週月曜日に、ピアノの教室へ通っている。いつもは集団下校しているのだが、教室が学校から離れた場所にあるため、その日だけは、美貴が車で下校時間に迎えに行っていた。いつものように、小学校の近くにある空き地に車を停（と）めて、千夏を迎えに行こうとしたとき、見覚えのある車を見つけた。旧型の白いセダンで、スナックの常連客、室田のものだった。

美貴はいま三十五歳だから、二十六歳くらいで千夏を産んだ計算になる。父親はいない。ひとりで産んだのか離婚したのかはわからない。五年前に自分の名前をつけたスナック「ミキ」を開き、ママをしながらひとり娘を育てている。

美貴と室田は店のママと客であると同時に、幼馴染（おさななじみ）でもあった。中学校まで同じ学校に通い、その後もちょくちょく会っている。いまでは、美貴の店の常連だ。美貴の言葉によると、男女の関係はなく、気心の知れた同級生である、とのことだった。

空き地の隅に室田の車を見つけた美貴は、不思議に思い近づいた。

室田の仕事は主に、旅館の清掃や片付けだ。朝は大浴場の清掃業務があるため、仕事の開始は五時からと早い。が、その分終わりも早かった。チェックアウト後の客室の清掃や庭掃除が終わる午後三時には、帰ることができる。

室田がこの時間、車に乗っていても不思議はないが、問題は場所だった。室田のアパートは、その空き地から十キロほど離れたところにある。勤め先の旅館と自宅の中間地点とはいえ、ガソリン切れや故障でもないかぎり、こんな場所に車を停める理由が分からない。自分のアパートまではほんの十五分の距離だ。

突然、具合でも悪くしたのか。

気になった美貴は、車のなかを覗(のぞ)いてみた。

なかには室田がいた。ほかには誰(だれ)もいない。ひとりだ。座っている運転席のシートを倒し、口を半開きにして恍惚(こうこつ)とした表情を浮かべている。助手席のシートには、放り出されたように転がっている注射器とパケの袋があった。

美貴はぞっとした。と同時に、怒りがこみあげてきた。

室田には、覚せい剤の前科がある。一度目は執行猶予ですんだが、二度目は実刑判決を受け、仮釈放で出てくるまで一年以上、刑務所に入っていた。

美貴は室田が収監された県外の刑務所に、二回ほど面会に行っている。そのたびに室田を励まし、出たら二度と薬物に手を出さないよう叱咤(しった)した。それは出所してからも同じで、少しでもおかしな挙動があると、次は終わりだから、ときつく諭してきた。出所して六年以上が過ぎ、やっと美貴も、室田はクスリと手を切った、真人間に戻った、と思いはじめたところだった。それだけに、美貴のショックは大きかった。すぐにでも、車のドアを開けてひっぱたいてやりたかった。しかし、いまここで騒いでは大事になる。そのとき美貴はまだ、なんとか室田を説得できるのではないか、と考えていた。娘の迎えの時間が迫っていることもあり、美貴は室田に声をかけず、そっと車を離れた。

室田が美貴の店にやってきたのは、翌日、火曜日の夜だった。室田の休みは水曜日と木曜日で、火曜日はたいてい店に顔を見せた。自転車で二十分かけて美貴の店まで来て、看板まで飲んでいく。

遅い時間ということもあり、ボックス席がふたつとスツールが五つしかない狭い店には、室田以外の客はいなかった。室田はいつもどおりカウンターの隅に座ると、おどおどした目で美貴を見た。

「美貴ちゃん、ごめんな」

そのひと言で、前日の醜態を美貴に見られた自覚があるのだ、とわかった。

美貴はカウンターのなかで煙草を吸いながら、室田をきつく咎めた。

つい魔が差した、一度だけだもうやらない、と泣いて謝る室田に、シャツの袖をまくって腕を見せろ、と美貴は迫った。室田はびくりと肩を震わせると、目を伏せて項垂れた。腕にはおそらく、隠し切れないほどの注射痕があるのだろう。なにかに憑かれたような生気のない顔、急激に痩せた体軀――かなり前からまたクスリに溺れていたのだ。美貴は確信した。

このままでは室田は駄目になってしまう。

案じた美貴は、かねて面識がある米崎西署の刑事に相談した。生活安全課の鴻城だ。鴻城とは、スナックを開店するとき風俗営業届を出しに所轄へ行った際に知り合った。たまに客としても来てくれる、美貴にとっては頼りになる警察関係者だった。

美貴は鴻城に、常連客がクスリをやっていて自宅に隠し持っている、と伝えた。室田を救いたい一心だった。一度クスリに手を出したら、まず、自分で断つことはできない。まして室田は再犯だ。しかるべき場所で、適切な治療を受けなければ、彼の人生はここで終わってしまう。そう思った。

美貴の話を聞いた鴻城は、室田の前歴を照会した。薬物使用の前科があることは、すぐに判明した。

行動確認を開始して六日後、室田が売人と思しき暴力団員と接触した現場を、捜査班は確認する。鴻城はすぐに上司に報告し、裁判所へ家宅捜索令状を申請するよう求めた。翌六月二日午前七時、鴻城が指揮する捜査員たちが室田のアパートへ踏み込んだところ、トイレのタンクから覚せい剤と注射器が発見された。仕事が休みで部屋にいた室田は、その場で逮捕された。

増田は書類を見ながら、眉根を寄せた。

「この証言の、どこが気になるんですか」

増田が読んだ限り、おかしな箇所はない。ひとりの女性がクスリに溺れた幼馴染を救った話ではないのか。

佐方は増田が目にした書類を自分の手元に戻すと、改めて問題のページを眺めた。

「この証言では、五月二十四日、月曜日に車中で室田がクスリを使用しているところを目撃した、となっています。ここがどうも気になるんです」

佐方は視線をあげ、増田を見た。

「このあたりでは、小学校の運動会はいつ行われますか」

唐突な質問に、増田は面食らった。

「運動会と言えば春か秋ですが、米崎市ではいまは、春の方が多いのではないでしょうか。自分が子供のころは秋でしたが、五年くらい前の甥っ子の運動会が、たしか春だったと記憶してます」

「それ、いつごろだったか覚えてます？」

増田は首を振った。

「ゴールデンウィークのあとだったと思いますが、正確なところは覚えていません。ですが、それが武宮美貴の証言とどう関係があるんですか」

佐方の意図がわからず、声音を高くして訊ねる。

視線を書類に移し、佐方はぽつりとつぶやいた。

「代休です」

「代休？」

佐方が肯く。

「土日や祝日に学校行事が行われた場合、その多くは次の月曜日が代休になるはずです。五月後半の月曜日、もし目撃者の子供が通っている学校が代休だったとしたら、この証言は揺らぐことになります」

増田は驚くとともに呆れた。

いくら運動会シーズンの月曜日だからといって、それをもって証言に疑問を抱く検事がどれほどいるだろうか。

呆然と立つ増田を見て、佐方はくしゃくしゃっと頭を掻いた。自嘲するときや照れたときの癖だ。

「官舎の近くに小学校があるんですが、武宮美貴が室田の薬物摂取を目撃したという前日の日曜日、運動会が行われていたんですよ。子供のころ、自分は運動会が嫌いでしてね。徒競走の音楽やスターターピストルの音を聞くと、いまでも頭から布団をかぶりたくなるんです」

子供のころの佐方を想像するのは難しいが、普段の機敏な動きから、運動神経が悪いようには見えない。おそらく——と増田は思った。佐方の母親は小さいころ亡くなった、と聞いている。そのこととなにか関係があるのだろう。

佐方が言葉を続ける。

「武宮美貴の子供は、西山小学校に通っていますね。念のため、運動会の日時を調べてもらえますか」

佐方が住む検察官舎と西山小学校は、十キロ圏内の距離にある。学区的には運動会の日程が被っていても不思議はない。

些細な引っ掛かりが、事件の真相をあばく鍵になる。そのことは、いままでの佐方を見て嫌と言うほど学んでいた。増田は背筋を伸ばすと、声に出して大きく、はい、と答えた。

自席に戻り、市内の電話帳で米崎市教育委員会の電話番号を調べた。検察から小学校に直接、電話するのは躊躇われた。教育委員会であれば、遠まわしに日にちを特定できると思った。

とある証言に関連して、という名目で、市内の小学校の運動会日程を確認したところ、西山小学校が含まれる学区は、五月二十三日の日曜日に行われていた。佐方の推測したとおりだった。

さらに、代休について確かめると、事務員と思しき年配の女性は電話の向こうで小さく息を吐き、通常——と声を強めた。

「代休は翌日の月曜日になってます。もしあれでしたら、直接、学校の方へ確認してみてください」

増田は礼を述べて電話を切り、向かいの佐方を見た。

「やはり、西山小学校はその日、運動会の代休だったようです。すぐ、裏を取ります」

ここまできたら躊躇ってはいられない。

佐方は険しい顔で肯いた。手元の受話器を取り上げる。どこへ電話をするのかわからないが、増田は自分の仕事に専念した。

電話帳で番号を調べ、代表へ掛ける。

三コール目で、相手が出た。若い男性の声だ。身分を名乗り、とある証言に関連して、と教育委員会のときと同じ名目で運動会の代休について訊ねた。

日付については間違いない、との返事だった。重ねて質問する。

「児童が学校へ、たとえばクラブ活動かなにかで来ていた、ということはありますでしょうか」

男性は戸惑いがちに、言葉を選んだ。

「さあ、そこまではちょっと……どうしてもということであれば、あの、調べて、折り返しますが」

「そうしていただけると、助かります」

増田は地検の代表番号を告げ、改めて名前と所属を名乗った。

電話を切ると同時に、佐方も受話器を置いた。

「念のため、目撃者の証言記録の日時について、記載ミスがないか笠原さんの事務官に確認を取りました」

先ほどの電話は内線だったのか。それにしても相変わらずやることが素早い。

「どうでした」

眉間(みけん)に皺(しわ)を寄せ、佐方が答える。

「家宅捜索令状の請求にともなう裁判所への証言調書と照らし合わせて、間違いないとの返答でした」

「ということは——」

口を開きかけたとき、目の前の電話が鳴った。内線だ。西山小学校からの折り返しに違いない。増田は確信した。

手早く受話器をあげる。

「西山小学校の清原、という方から増田事務官あてにお電話です」

案の定だ。

「繋いでください」

勢い込んで答える。

さきほどの若い男性——清原と名乗る教諭は、当日は校門も閉まっており、クラブ活動もすべて休みだった旨を、淡々と伝えた。礼を言って電話を切る。

増田の受け答えから状況を把握したのか、佐方は書類を強く閉じると、静かに息を吸った。

「厄介なことになりましたね。私が弁護人なら、逮捕の端緒となる家宅捜索令状請求の容疑事実供述者、武宮の取り調べをして、それが嘘であるならば公訴取り消しを求めます。供述に事実誤認があった場合、令状請求の合法性に疑義が出る。ともすれば違法収集証拠として、逮捕とそれに続く覚せい剤の押収が違法になります」

「そんな——」

馬鹿な、と続けようとして、増田はなんとか言葉を呑み込んだ。一番、嘆きたいのは佐方だろう。

が、佐方は、いつもの冷静な声で言った。

「武宮美貴の証人テストをしましょう。すぐ彼女に連絡をとって、テストの日にちを調整してください」

室田の初公判は九日後、六月三十日の予定だ。悠長に構えている時間はない。

佐方は椅子から立ち上がると、ドアへ向かった。

「私はいまから、筒井さんに報告してきます。あとはお願いします」

筒井義雄は米崎地検公判部の副部長で、佐方の直属の上司にあたる。

「わかりました。お任せください」

増田は強く肯くと、美貴の連絡先を確認するため、急いで書類を捲った。

※

「嘘の供述をしているというのか?」

椅子の肘掛(ひじかけ)に腕を置き、筒井が眉間に皺を寄せる。

すぐさま、佐方は否定した。

「いいえ。まだ、そうとは言い切れません。本人がわざと偽りの供述をしたのか、単に日にちの思い違いをしているのか、わかっていません」

佐方は副部長室にいた。先ほどはっきりした、美貴の証言の食い違いを報告するためだ。

「いま、増田さんが武宮美貴に連絡をとっています。調整がつき次第、証人テストを行う予定です。その前に、とりあえずご報告を、と思い――」

目を閉じた筒井の表情が、想定以上に険しい。検察内部で言うところの、問題判決が出る可能性があるのだから当然と言えば当然だ。問題判決とは検察内部の用語で、被告人の無罪、もしくは求刑より大幅に減刑された判決を意味する。しかし――筒井の顔には、尋常ならざる深刻さがあった。

「あの、どうかされましたか」

机の前に立ったまま、佐方は瞑目した筒井を窺った。

筒井は目を開き重い息を吐くと、机に両肘をつき、組んだ手に顎を乗せた。

「お前がこの部屋に来るのが一分遅かったら、俺の方から呼んでいた」

佐方は眉根を寄せた。なにがあったというのか。

筒井は椅子の上で少し身を引くと、引き出しのなかから一通の封書を取り出した。

「これを見ろ」

筒井が封書を、机の上に抛る。

佐方は封書を手に取った。なにも書かれていない、地検の定型茶封筒だ。

「なかを見てみろ」

言われて、封筒の中身を取り出す。白いコピー用紙が三つ折りになって入っていた。紙を開いた佐方は、息を吞んだ。そこには、新聞の見出し活字を切り貼りした文章の複写があった。

『室・他・気・美・日・子の・証言・は・熱・造・だ』

「これは……」

佐方が訊きたいことを、筒井は先回りして答えた。

「今日の午前中、地検に届いた。実物はすでに東署に渡し、指紋の採取を依頼してある。これはそのコピーだ。届いた封筒はどこにでもある白の定型。ワープロ文字で、宛先は米崎地検公判部になっていた。消印は米崎中央郵便局、すぐそばだ。封筒の文字も、よく見ると、同じ大きさの活字を切り貼りしたものだった。おそらく、封書の違和感を消すと同時に、ワープロの種類から持ち主を特定されないためだろう。受付の守衛が危険物の確認を行い、私の元に持ってきたのは昼前だ。調べてみたら、室田公彦という被告人がいて、担当はお前だった。ついさっき、南場から電話があって、中身の紙から検出された指紋はひとつだったそうだ。つまり俺の指紋だ。封書からは数種類の指紋が出ているが、差出人の指紋はないだろう——というのが、南場の見立てだ」

南場輝久は、米崎東署の署長だ。佐方が刑事部にいたとき、米崎市内で起きた連続放火事件がきっかけで知り合った。筒井とも懇意にしている間柄だ。

──しかし、それにしてもなぜ、東署に。

佐方は訝しんだ。

筒井が大きく息を吐いた。佐方の内心を見透かしたように続ける。

「本来なら県警へあげるべき事案だが、どうにも、引っかかってな」

「なにがですか」

思わず、被せるように訊いた。

「この差出人の目的がさ」

「目的？」

ああ、と深く首を折り、筒井は机に視線を落とした。俯いたまま、搾り出すように言葉を発する。

「なぜ、このタイミングなのか。なぜ、警察ではなく、地検の、それも公判部なのか──」

たしかに、と佐方は心のなかで肯いた。指紋や新聞の切り貼りはともかく、ワープロ文字まで工作するとなると、相当な捜査知識がある人間と考えられる。

「もしかして副部長は、内部告発、とお考えですか」

佐方は核心を突いた。

「うむ。その可能性は、捨てきれん」

「だから、南場さんなんですね」

筒井は答えない。が、目は、そうだ、と言っている。

南場は同期の県警刑事部長との確執から、警察内部での出世をかねて放棄している。定年は近いが、警察官の本分を第一義に考えて行動する男だ。米崎県内の警察官で、筒井が最も信用を置く相手、と言っていい。もし内部告発なら、告発者が県警上層部に潰されるおそれがある。そう考えたのだろう。

「佐方」

筒井が話を仕切りなおすように、声をかけた。

「担当刑事は西署の生安主任だったな」

「はい。鴻城伸明巡査部長です」

筒井の顔がわずかに歪んだ。鴻城を知っている顔だ。

「ご存じですか」

「まあな」

そう言うと筒井は、尻を叩くように声を張った。

「お前は予定どおり、証言者の裏を取れ。俺は、警察内部をあたってみる」

わかりました、と一礼して部屋を出ようとする佐方を、筒井が呼び止めた。振り返る。

「佐方。手紙の件は誰にも言うな。少なくとも、事実関係が見えてくるまでは――」

無言で肯く。

再び一礼し、佐方は副部長室をあとにした。

※

面会室の椅子に座る美貴は、青いワンピース姿だった。生地が薄く、身体のラインがくっきりとわかる。襟元も大きく開いているデザインで、豊満な胸を誇示するかのような服装だった。膝から上が見えそうなほど、足を大きく組んでいる。

机を挟んで向かいに座る美貴が、佐方の背後に控える増田を、ちらりと見た。目が合った。美貴は増田に向かって、媚びるような笑みを浮かべる。証人テストの内容を記録するため同席している増田は、慌てて手元のパソコンに目を戻した。

面会がはじまって三十分、増田はイメージの違いに戸惑っていた。

美貴が鴻城に室田の件を伝えた理由は、幼馴染をクスリから救うためだ。本人が、そう証言している。が、彼女の蓮っ葉な口調からは、友達を案じる気配が微塵も感じられない。

佐方が淡々とした声で言った。

「もう一度、お聞きします。では、室田が空き地で覚せい剤を使用していたところを目撃したのは、当初、証言した五月二十四日ではなく、一週間前の十七日で間違いありませんね」

「だから――」

美貴が語尾を伸ばして、甘えるように言った。

「間違った供述をして悪かったって、何度も謝ってるじゃない。前の日に飲みすぎると、忘れっぽくなるのよ。ええ、そうです。室田を見たのは、五月十七日で間違いありません」

佐方が代休の事実を伝えると、美貴は一瞬うろたえ、記憶を辿るように視線を泳がせた。突然、ああ、と声を漏らし証言を改めたのは、直後だった。

「さっきも言ったけど、毎週月曜日は子供のピアノ教室があるから、いつも学校まで迎えに行っているの。だから、曜日に間違いはないわ。日にちが違っていたの」

「となると、室田を空き地で見た日から鴻城刑事に伝えるまで、一週間以上、時間が空くことになります。なぜ、記憶に齟齬が生まれたんでしょう」

佐方のしつこさに、うんざりしてきたのだろう。美貴は接客用の笑顔を消し、口を尖らせた。

「公（きみ）ちゃんとは長い付き合いだからね。なんとか自力でクスリをやめさせることはできないか、いろいろ考えていたのよ。でも、やっぱり自分でクスリを断つことは無理だろうなって、鴻城さんに相談したの。あたしもいろいろ悩んでたから、勘違いしたんだと思う」

「鴻城刑事は、あなたの証言を聞いたとき、日時に疑問を抱きませんでしたか」

「そうね。なにも聞かなかったわ」

「証言の裏を取らなかった、ということですね」

美貴の苛立（いらだ）ちは頂点に達したようだ。佐方をねめつけると、机に両肘をついて身を乗り出した。

「あのさあ、あたしは善意の協力者よ。なんで尋問みたいなことされなきゃいけないの？　警察の事情なんか知らないわよ。本人に訊いてちょうだい」

言い放つなり、そっぽを向く。

不満をぶつける美貴の機嫌をとるわけでも、宥（なだ）めるわけでもなく、佐方は冷静に対応した。

「あなたは人の話を聞くことが仕事のようですが、私たちは人に話を訊くのが仕事なんです。どうか、ご理解ください」

返す言葉に詰まったのか、身体を乱暴に椅子の背に預けると、美貴は諦（あきら）めたように息を吐いた。

「ほかに訊きたいことは？　あるならさっさと済ませて。あたし、あんたたちが思ってるほど暇じゃないのよ」

佐方は肯き、質問を続けた。

「鴻城刑事とは、どのようなご関係ですか」

美貴は、きっと佐方を睨んだ。

「どういう意味？」

怒りを抑えた、静かな声だった。

が、佐方が動じる様子はない。同じ内容の問いを繰り返す。

「そのままの意味です。どういうご関係ですか」

一度後ろに引いた身を、美貴は再び乗り出した。

「どういうって、たまに店に来てくれるお客さんよ。スナックを開店するときに知り合って、それから何かと気にかけてもらってる――けど、あんたが想像するような関係じゃない。下衆の勘繰りはやめて！」

美貴は勢いよく立ち上がり、語気を強めた。

「帰るわ」

不貞腐れたように言う。

増田は慌ててふたりのあいだに割って入った。

「落ち着いてください、武宮さん。我々はなんでも確認するのが仕事なんです。悪気はありませんから、どうか座ってください」

ここで言い合ってもいいことはないと思ったのだろう。美貴はこれ見よがしに大きなため息を吐くと、浮かせた尻を椅子に戻した。

「とにかく、さっさと終わらせてちょうだい。煙草が吸いたいのよ」

「それは私も同じです」

佐方が抑揚のない声で言う。

増田は思わず笑いそうになった。ヘビースモーカーで鳴る、佐方の本音だ。

美貴が呆れたようにぽかんと口を開け、投げやりに言った。

「じゃあ、早く済ませて」

佐方は、子供が通っているピアノ教室の名前、室田や鴻城が来店する頻度、常連客の素性を、順に訊ねる。美貴は言葉少なに答えた。

教室の名前は小倉音楽教室。小倉というのはピアノ教師の名前で、子供が通う小学校から車で二十分ほど走った、安代町にある。室田が店に来るのは、週に二日くらい。休みの前日に来て、閉店までいる。鴻城は数か月に一度程度。来ても深酒はせず、ウイスキーの水割りを二杯ほど飲んですぐに帰る。ほかに常連と呼べる人間は三十人くらいいるが、たいていは近所の住人だ、と美貴は答えた。

概ね訊きたいことは聞いたのだろう。佐方が美貴に向かって礼を言う。

「お忙しいところ、ありがとうございました。またなにかありましたら、ご協力ください」

腕時計を見る。三時近い。予定を超え、二時間ほどかかった勘定になる。

美貴を地裁の玄関まで見送り、増田は地検の公判部へ戻った。自席に着いたところで、佐方がフロアに入ってくる。屋上にある喫煙場所で、一服してきたのだろう。

席に戻った佐方に声をかける。

「証人テスト、お疲れさまでした。心証はいかがですか」

佐方は机の書類越しに増田を見た。

「まだ、わかりません。しかし、彼女の証言に基づいて調べてみる必要はあると思います」

「やはり、武宮は嘘をついているとお考えですか」

増田の質問に佐方は、別の角度から答えた。

「目が泳ぐ参考人――久しぶりに目の当たりにしました。いずれにせよ、裏とりはしなくてはなりません」

「もし、嘘をついていたら？」

佐方が黙り込む。

増田は返答を待った。

佐方はひとつ息を吐くと、冷徹な声で答えた。

「武宮美貴には、日時を偽る理由があった。そういうことでしょう」

柔和な声に戻って言う。

「明日の午前中、供述の裏とりをします。付き合ってください」

「承知しました」

増田は、背筋を伸ばして肯いた。

翌日、増田は佐方に同行して、裏とりに動いた。

ピアノ教室の教師、小倉小枝子（さえこ）からは、武宮千夏が母親に送られて教室に来ていたのは間違いない、との証言が得られた。この数か月、千夏が休んだことは一度もないそうだ。時間は四時から五時。五月十七日の月曜日も、翌週二十四日の月曜日も、たしかに来ている、とのことだった。

ところが、次に向かった室田の勤務先で、意外な事実が判明する。

老舗旅館、松濤館（しょうとうかん）の番頭が、事務所の応接ソファでなにかを思い出したかのように、首を捻（ひね）ったのだ。

「いや、待ってくださいよ。その日はたしか……」

そう言いながら事務机に向かい、引き出しを開け日誌のようなノートを取り出した。

ページを捲りながら言う。

「やっぱりそうだ。その日、室田には残業を頼んでます」

増田は息を呑んだ。

「間違いありませんか」

前のめりに訊く。

「はい。五月中旬の月曜日、庭にある水道が壊れましてね。業者を呼んで直してもらったんですが、庭の後始末が大変で、室田に一時間ほど残ってもらったんです。日付を確認したら、十七日で間違いありません」

そうなると――佐方が冷静な声で質問を引き取った。

「室田がここを出たのは、四時過ぎ、ということになりますか」

「ええ。いつもは三時までの勤務ですから」

それがなにか、という怪訝そうな顔で、番頭が言った。

「いや、たいしたことではありません。念のための、確認です」

佐方が静かな声で言う。

「いや、実は――」

番頭は申し訳なさそうに、首の後ろを掻いた。

「私も、室田の様子が変だとは、思ってはいたんです。クスリの前科があるのは承知で雇ってましたから。ただ証拠もないし、私も直接、見たわけじゃないからねえ。人のこと、あれこれ詮索するのもなんですし」

同意を求めるように、愛想笑いを向ける。

「本音を言うと、こっちも持て余してたんです。室田の親御さんとは古くからの付き合いで、親父さんに泣きつかれましてね、うちの女将も仕方なく——というのが実情でした。いや、親御さんはいい人なんですよ。暮らしにはなに不自由してないし、人格者だし……まあ、甘やかし過ぎたんでしょうね、室田のことを」

増田は得心がいった。さほど収入があるとは思えない室田が、覚せい剤を買う金をどうやって捻出していたのか、疑問だったのだ。おそらく親にせびっていたのだろう。

「念のため、水道業者の名前を教えてください」

佐方が手帳を開きながら訊いた。

車に戻った増田は運転席に座り、唸るように声を出した。

「ここから西山小学校まで車で二十分。小学校からピアノ教室まで二十分。美貴が四時に教室に着いたとしたら、遅くとも室田は、松濤館を三時二十分に出ていなければ辻褄（つじつま）が合いません」

　佐方は険しい眼差（まなざ）しで、黙って前方を見ている。

「しかし、業者は三時過ぎに旅館に着いた、と言ってます」

　旅館を出てすぐ、買ったばかりの携帯電話で増田は業者に確認していた。

「修理に三十分。番頭が後始末を頼んでいる以上、三時二十分までに室田が旅館を出ることはあり得ません」

「ひとつ、いいですか」

　佐方が口を開いた。

「なんでしょう」

　佐方の顔を凝視して言う。

「煙草を吸ってもいいですか」

　肩の力が抜けた。

「もちろん、です」

　助手席の窓を開けた佐方が煙草を吸い終わるのを待って、増田は訊ねた。

「これから、どこに向かいましょう」

　車の灰皿に煙草を押し付けながら佐方が言う。

「武宮のスナックがある砂羽町（さねまち）に行ってください。周辺の聞き込みをします」

面白い話が聞けたのは、三軒目に立ち寄った、喫茶店のママからだった。

増田から検察事務官証票を見せられた高部淳子は最初、警戒の色を顕わにした。が、カウンターに座った佐方が、遅めの昼食にカレーセットを頼み、増田も同調すると、淳子は態度を徐々に和らげた。

昼下がりの二時。ほかに客がいないこともあって、淳子はカウンターに両肘をつき、屈託のない様子で美貴のことを語った。

単なる確認です、という佐方の言葉を真に受けたわけではないだろうが、噂話がもともと好きなのだろう。喋り出すと言葉は止まらなかった。室田の事件のことは、喫茶店の常連に聞いたという。

「親しくしてるわけじゃないけどさ、あの子ほら、兄貴がこれじゃない」

これ、と言いながら、右手の人差し指で頰を斬る真似をする。

「検事さんも、知ってるんでしょ」

淳子はそう言って、肖像画のベートーベンのように広がったパーマを掻きあげた。

「ええ」

素っ気ない口調で佐方が答える。

増田は、驚きを隠すのに必死だった。そんな事実は、一件記録のどこにもない。おそらく佐方も、初耳のはずだ。

「あの店、結構、筋者が多いって噂――知ってた？」

「聞いてはいます」

カレーをスプーンで口に運びながら、佐方が淡々と応じる。

「あたしさあ、ヤクの売人もいたんじゃないか、って思うんだよね」

――どういう意味だろう。

増田はすぐには、淳子の言葉が咀嚼できなかった。

仮に常連の客に売人がいて、美貴がそれを知っていたとすれば、彼女の話は信用できなくなる。

ドリップでコーヒーを落としながら、淳子が言った。

「室田だっけ。クスリで捕まったやつ」

カレーを食べ終えた佐方がナプキンで口元を拭い、肯く。

淳子が手元に視線を落としたまま、声を潜めた。

「そいつ、あの子に付きまとってたらしいじゃない」

思わず横目で佐方を見た。

眉根をあげている。驚きを隠せないようだ。

淳子は食後のコーヒーを出しながら言った。

「よく週刊誌に書いてあるじゃない。痴情の縺れとかなんとか……なんかあるんじゃないの、ふたりのあいだには」

喫茶店を出た増田は、立ち止まって佐方に言った。

「なんか、きな臭くなってきましたね。どうします、これから」

「とりあえず、いまの話の裏をとりましょう。周辺の聞き込みを続行します」

増田は佐方に同行して、酒屋や煙草屋など、それから十数軒の店を回った。酒屋の店主から美貴の兄がヤクザ者だという話を聞けたが、室田について知る者はいなかった。

すでに陽は傾いていた。腕時計を見ると、六時を過ぎている。

次の指示を仰ごうと口を開きかけたとき、増田の携帯が鳴った。

着信表示を確認する。筒井の直通電話だった。

「筒井さんからです」

口早に断り、電話に出る。

「もしもし、増田です」

「俺だ。佐方は側にいるか」

声が険しい。増田は痰を切るように空咳をひとつくれて、答えた。

「はい。いらっしゃいます」

「代わってくれ」

「承知しました」

佐方に携帯を差し出す。

「代わってほしいとのことです」

肯くと佐方は、携帯を受け取り耳に当てた。手短に今日の裏とりの結果を報告する。

しばらく間があり、はい、はい、と時おり相槌を挟みながら、佐方が筒井の話に耳を傾けている。

「本当ですか」

突然、佐方の声音があがった。

「なるほど、糸が繋がった気がします」

得心したように、肯いた。

――いったいなにがあったのか。

増田の動悸が速くなる。

「わかりました」

佐方が冷静な声に戻って言う。

「増田さんも一緒で、かまいませんよね」

承知しました、そう言って電話を切ると、佐方は増田に携帯を返した。

受け取るのももどかしく、増田は口を開いた。

「なにか、あったんですか」

佐方がわずかに口角をあげる。事件の本筋が読めたときよく見せる、佐方の癖だ。

「詳しい説明はあとでします。増田さんは車を地検に戻して、七時くらいに〝ふくろう〟へ来てください。私はひとつ用事を済ませ、直接向かいます」


約束の七時より少し前に、増田はふくろうの引き戸を開けた。

ふくろうは、筒井たちがよく使っている古い居酒屋だ。愛想のない親父がひとりでやっている。

店の親父は増田を目の端で見ると、カウンターのなかでぼそりと言った。

「らっしゃい」

愛想がないのは毎度のことだ。

筒井と佐方はすでに店にいた。カウンターに座り、枡に入ったコップ酒を飲んでいる。

筒井の隣にいる男を認めて、増田は思わず短い声をあげた。米崎東署の署長、南場だった。増田に会釈してくる。すぐに会釈を返した。

「よお、お疲れさん。俺たちもいましがた来たところだ。待てなくて先にやってた」

筒井がコップを掲げた。

「遅れて申し訳ありません」

三人に頭をさげ、増田は佐方の隣に腰を下ろした。

親父に同じものを注文し、おしぼりで手を拭く。

コップが入った枡を増田の前に置き、親父が無言で出羽桜の一升瓶を傾ける。なみなみと注がれた酒は、いつものように枡に零れた。

「まあ、とりあえず、やりな」

筒井が酒を勧める。

増田はコップに口を運び、出羽桜を一口、啜った。

コップを手で持ち上げる。

「じゃあ」

筒井は再度コップを掲げると、乾杯の仕草をした。

「乾杯」

四人の唱和が、ばらばらに店内でこだまする。

「早速だが、佐方。南場さんに参考人の件を話してくれ」

佐方は出羽桜を口に含むと、噛み砕くように飲み干した。ひとつ息を吸って言う。

「室田事件の容疑の端緒は、室田の行きつけのスナックの経営者であり幼馴染でもある、武宮美貴の証言でした。武宮は子供を迎えに行った小学校近くの空き地で、室田が所有する車内において、覚せい剤使用の痕跡を見た、と供述しています。武宮から相談を受けた西署の生活安全課主任、鴻城伸明は、室田が覚せい剤を使用しており、自宅に隠し持っているとの武宮の供述調書をもとに、裁判所へ家宅捜索令状を請求します。捜索の結果、室田の自宅から覚せい剤が発見され、本人の尿から陽性反応が出ました」

ここまではいいですか、とでも言うように、佐方が南場の顔を見る。南場が肯くのを待って、佐方は続けた。

「ところが、武宮が目撃したとする五月二十四日、調べてみると子供の学校は運動会の代休で休みでした。本人に確認したところ、記憶違いで、本当は一週間前の十七日だった、と供述を覆しています」

南場は大枠を知っているのか、佐方の話を黙って聞いている。

「しかし裏をとったところ、十七日、室田がその時間、小学校近くにいることは、不可能でした」

「どういうことですか」

南場がはじめて、驚いたように訊ねた。

佐方が、武宮の娘のピアノ教室の件と、室田の残業の件を報告する。

つまり——と、筒井が口を挟む。

「室田のアリバイが成立した、ということだ」

佐方は肯き、南場の顔を見た。

「さらに調査を進めると、武宮の兄が暴力団員であることが判明しました。傷害、恐喝、銃刀法所持の前科を持つ、竜岡組の若頭補佐、武宮成明です」

えっ、と増田は思わず声をあげた。いったい、いつの間に調べたのか。

佐方は増田に視線を移すと、くしゃくしゃっと頭を掻いた。

「実はあれから、近くの交番に寄って、県警四課の顔見知りに電話を繋いでもらったんです。武宮という名前の暴力団関係者を知らないか、と訊ねると、前科から住所まで、丁寧に教えてくれました」

増田は佐方の顔をまじまじと見た。

「用件というのは、それだったんですね」

佐方が申し訳なさそうに、笑みを零す。

「なるほど、それで話が繋がった」

南場がつぶやくように、言う。

増田にはまったく話が読めない。窺うように、筒井と佐方の顔を見やった。

「今度は南場さんが、説明してやってくれ」

美味そうに出羽桜を飲みながら、筒井が話を振る。

南場もコップ酒を一口呷り、訥々と語りはじめる。

「筒井副部長から訊かれて、内々に、担当刑事について調べました。鴻城は私が言うのもなんですが、警察官の風上にも置けない、悪徳刑事です。以前、直属の部下が署内で拳銃自殺を遂げています。鴻城のいじめが原因だ、と噂されていました。懲戒処分は山ほど喰らってますが、それでも首にならないのは、とにかく、点数を稼いでいるからです」

点数を稼ぐとは、手柄を上げる、という意味だろう。

「暴力団との癒着も噂され、ことに竜岡組とは――」

南場はそこで酒を口に運び、吐き捨てるように言葉を続けた。

「昵懇の仲だそうです」

今度は佐方が口を挟んだ。

「証言者の兄とは、もともと顔見知りの可能性が高い、ということですね」

南場が肯いた。

「あの辺でシャブを仕切ってるのは、竜岡組と敵対する仁農会です。おそらく、売人を挙げて、仁農会を弱体化させる腹づもりがあったんでしょう」

「なぜ鴻城は、確認もせず五月二十四日を目撃日に選んだんでしょう」

　増田は頭に浮かんだ疑問を、そのまま口にした。

　南場が得意げな顔をする。

「室田の逮捕は六月二日でしたよね。内偵捜査や令状請求に一週間程度かかると計算して、まさかそこを追及されると思わず設定したんでしょ。月曜日を選んだのは、証言者から以前、聞いた室田の目撃エピソードが、印象に残っていたのかもしれません。月間狙(ねら)いですよ、おそらく」

「月間？」

　意味がわからず訊き返す。

　南場がすかさず答えた。

「警察には取締り強化月間というものがありましてね。交通違反とか暴力団とか薬物とか、月によって点数が倍になるんです。六月は米崎県警の薬物取締り強化月間でした。つまり、薬物事犯を五月や七月に逮捕しても、六月の半分の点数しかもらえない。鴻城は点数欲しさに、武宮美貴から得た室田の情報の時期を偽った、ということです」

「なるほど」

　増田は肯いた。

「それより問題なのは——」

筒井が一転、苦虫を嚙み潰したような顔で酒を口に運んだ。

「西署の内部で、鴻城を告発する動きがあったことだ」

南場があとを引き取って、話を続けた。

「実は西署に、高校の後輩がおりまして、信用できる男です。その男に訊いたところ、鴻城が調書を勝手に書き換えている、との噂が前々からあって、ある人間が直近の事案を上司に告発したそうです。それが、今度の室田の事件でした」

増田は呆然と口を開いた。

「それを——」

続く言葉が、上手く出てこない。やっとの思いで搾り出した。

「警察は、知っていたんですね」

南場が恥じ入るように肯く。

「ええ。知っていて、握りつぶしました」

増田は驚き、早口で捲し立てた。

「それって完全に違法じゃないですか。どうするんですか裁判は。だって完全に法律違反です。罪名は……」

法律用語がすぐに出てこない。増田は口をぱくぱくさせた。

「虚偽有印公文書作成・同行使――」

佐方が静かに言葉を引き継いだ。

「佐方さん、どうするんですか。筒井さんも、南場さんも」

三人を交互に見やり、震える声で訊ねた。

佐方が煙草を口にくわえ、淡々と言葉を発する。

「われわれは、まっとうに――」

煙草に火をつけ、紫煙を吐き出しながら続けた。

「検察権を行使するだけです。刑事訴訟法第一九三条三項」

佐方が朗々と諳んじる。

「検察官は、自ら犯罪を捜査する場合において必要があるときは、司法警察職員を指揮して捜査の補助をさせることができる」

増田は唾を呑み込み、佐方の真意を質した。

「つまり佐方さんは、鴻城を虚偽有印公文書作成・同行使の容疑で逮捕すべく、捜査を指揮するおつもりなんですね」

佐方は煙草を灰皿で揉み消し、黙って肯いた。

「でもそんなことしたら、地検と県警の関係は一気におかしくなってしまいます。室田の裁判だって負けるでしょ」

増田は筒井に視線を向けた。

「それで、いいんですか。筒井さん」

自分でも矛盾していると思ったが、言葉が止まらなかった。

「南場さんもそれで、大丈夫なんですか」

息を詰めながら、ふたりの顔を見やる。

筒井が淡々と言葉を発した。

「俺の腹は、もう決まってる」

南場があとに続いた。

「私も、すでに腹を括ってます」

※

手桶から柄杓で水を汲むと、木梨は墓石に上からかけた。黒い石の表面を、初夏の陽を受けて水滴が滑り落ちていく。

竿石の正面には志崎家之墓と彫られている。二年前に自殺した同期の墓だ。

日曜日の午前中、木梨は志崎の墓に参っていた。墓石に生前の顔を思い浮かべて報告する。

「志崎、お前の仇は討ったぞ」

一昨日、上司の鴻城が、米崎地検に起訴された。罪状は、虚偽有印公文書作成・同行使。自分が地検に送った告発文書が、逮捕のきっかけになり得たかどうかはわからないが、とにかく、目的を達することはできた。

木梨は、生活安全課の課長、曾根谷治夫との話し合いが持たれた会議室を出てきたときの、鴻城の顔を思い出した。いつも威張り腐って、すべての人間を睥睨している男が、恨みを胸に刻んだ相手が、青ざめている姿が痛快だった。ざまあみろ、自業自得だ。目を合わせずに自分の横を通り過ぎていく背中に、そう心で吐き捨てた。

木梨は手桶のなかに残っている水を、台座の周りに撒いた。改めて墓石を眺める。

これで志崎も少しは落ち着いて眠れるだろう。

いま一度、墓に手を合わせて立ち去ろうとしたとき、背後に男が立っていることに気づいた。

「佳美の言ったとおり、やっぱり、ここだったな」

「吉田さん」

米崎西署の地域課課長、吉田譲だった。

木梨は慌てて頭を下げた。吉田は木梨の横をすぎ墓の前に立つと、手にしていた線香入れの蓋を開けた。なかから数本取り出し、ライターで火をつける。線香立てに供えると、手を合わせて頭(こうべ)を垂れた。

顔をあげた吉田は後ろを振り返ると、意志の強さを湛(たた)えた目で、木梨を見た。

「志崎くんに報告したか」

「はい」

吉田は再び墓石に目を戻した。

「これで彼も、少しは浮かばれるだろう」

木梨は吉田の背に、深く頭を垂れた。

「ありがとうございます。これも、吉田さんのおかげです」

吉田は木梨に背を向けたまま否定する。

「私はなにもしていない。鴻城の件は、成るべくして成った結果だ」

木梨は激しく首を振った。

「いいえ。吉田さんが背中を押してくれなければ、俺は地検に手紙を送っていなかった。鴻城がスナックのママに偽証させていると知ったとき俺は、あの男の本性を世に知らしめたい、あの男のせいで死んだ人間の無念を晴らしたい、そう強く思いました。しかし、そう思いながらも頭のどこかで、どんなに足掻(あが)いても無駄だ、と諦めてしまっていたんです。実際、うちの課長に報告しても、のらりくらりとかわすだけで、なにも動いてくれなかった。鴻城はこのまま定年を迎え、何事もなかったかのように生きていく、同期の無念も晴らせずに終わる――そう思っていました。でも、吉田さんから鴻城は罰せられるべきだ、と強く言われ、心を決めたんです」

吉田は木梨を振り返ると、歩み寄り肩を軽く叩いた。

「なにはともあれ、警察官の面汚しは処分された。よかったな」

木梨は胸に込み上げてくるものを必死に抑え、強く肯いた。

ふたりで寺の正門に向かう。歩きながら、木梨は空を見上げてつぶやいた。

「吉田さん――いや、叔父さん」

木梨はこの秋、吉田の姪の佳美と結婚式を挙げる予定だった。

「叔父さんは、もっと上まで行く人だと思っています。叔父さんのように正義を重んじる人こそ、さらに上に行くべきです」

隣を歩く吉田は、木梨を見ると穏やかに微笑んだ。

※

想定どおり、鴻城の逮捕で、室田の公判は延期になった。このままだと間違いなく、検察にとっての問題判決が出るだろう。

それは覚悟の上だ。

佐方は室田の公判延期の報告をするため、副部長室のドアをノックした。

名前を名乗り、筒井の「入れ」という声を聞いてドアを開けた。

筒井は椅子にどっかり腰を落とし、背にもたれて佐方を見た。目元には薄ら、笑みが浮かんでいる。

「室田の件だろ。聞いてる」

佐方は席に近づき、頭を下げた。

「問題判決が出そうです。申し訳ありません」

筒井がさも可笑しそうに、笑い飛ばした。

「なんでお前が謝るんだ」

問題判決が出ると、担当検事はもちろん、直属の上司からも、次席や検事正に報告書をあげる決まりだった。

「副部長には、迷惑をおかけします」

馬鹿を言うなとでもいうように、筒井は掌をひらひらと、顔の前で振った。

「お前の責任じゃない。お前は、やるべきことをやったまでだ。それにな、お前のことだから、室田のことも釈然とはしていないだろう」

筒井が見抜いたとおりだった。

鴻城を逮捕すると決断した一方で、室田が無実になる可能性があることに、理不尽さを覚えていた。室田が覚せい剤を使用していたことは、紛れもない事実だ。しかし、自分が鴻城の悪事を暴くことで、罪人を逃してしまうことになるかもしれない。

筒井は佐方を安心させるように言った。

「心配するな。今回、室田が無罪になっても、近いうちに必ず同じ罪で捕まる。警察は面子(メンツ)にかけてやつを追いかけ逮捕するだろう。また室田が送検されてきたら、そのときにきっちり片をつければいい」

筒井の言葉に、胸のわだかまりが、少しだけ解けたような気がする。

——この上司がいるから、自分は検察官を務められる。

佐方はもう一度、深々と腰を折った。

面をあげた佐方を見て、筒井が微笑む。

「ただな——」

一転、顔を顰(しか)めて言った。

「面白くない話が、聞こえてきてる」

「なんでしょう」

佐方は眉根をあげた。

「南場が、秋の異動で松崎(まつさき)へ飛ばされるそうだ」

佐方は息を呑んだ。松崎は県境にある、僻地(へきち)の田舎町だ。署長だとしても県庁所在地の所轄とは、格が違いすぎる。

「それは、たしかなんですか」

思わず声が掠れる。

「ああ。本人から直接、聞いた。内示がすでに出たそうだ。警察も、やることがあざとい」

筒井は呆れた口調で言った。

南場が鴻城逮捕に手を貸した、との噂は、地検にも聞こえてきている。県警上層部が把握していないはずはない。南場と確執があった同期の県警刑事部長、佐野茂は、ここぞとばかりに宿敵の左遷を画策したことだろう。

「それにもうひとつ、面白くない話がある」

佐方は筒井を凝視した。眉間に皺が寄っている。

「南場によると、鴻城の件を告発したのはやはり、やつの部下だったらしい。自殺した巡査の同期だった男だ。その男が、西署地域課の課長の姪と結婚するそうだ」

意味が摑めない。佐方は眉をあげた。

「それが――」

先を促す。

「鴻城の上司の生安課長が、問題発覚と同時に派出所へ飛ばされたのは、お前も知ってるだろ」

佐方は肯いた。西署生活安全課長の曾根谷治夫は、鴻城逮捕の責任を取らされて県北の派出所所長に転属していた。階級は警部のままだが、明らかな降格だ。

「曾根谷警部のことですね」

「そう。その曾根谷の同期で出世を争っていた地域課長の吉田が、この秋、警視に昇進するそうだ」

まだ意味がわからない。

黙り込んでいる佐方を見て、筒井が言った。

「南場は、ライバルを蹴落とすための、吉田の絵図だった可能性がある、と言っている。まんまと踊らされたかもしれん」

佐方はここに至ってようやく、筒井の言いたいことを理解した。

「つまり、西署の地域課課長が縁戚関係になる鴻城の部下を抱きこんで、曾根谷を嵌めたということですか」

質問には答えず、筒井は嘆息した。

佐方は頭のなかで状況を整理した。

警部までは昇任試験があるが、警視は基本、上の推薦次第だ。県警単位で人数が決まっていて、点数をいくら稼いでも、警視の枠に空きがなければ昇進できない。最大のライバルを蹴落とせば、少なくとも列の最前に並べる。仮に警視に昇進できなくとも、ライバルが谷底に落ちれば、それだけでも儲けものだ、と吉田が考えても不思議はない。

「どうなさるおつもりですか」

佐方は静かに訊いた。

「どうもこうも、証拠がないんだ。どうしようもないだろう」

筒井が苦々しげに言う。

仮に証拠があったとしても——佐方は思った。吉田を罪に問えるわけではない。むしろ、悪徳警官を告発した功労者のひとり、と言えなくもない。たとえ行動原理が利己的事由にあったとしても、だ。

「だがな」

筒井が口角をあげた。

「俺は、恨みは晴らさないが、胸に刻む主義だ」

そう言ってにやりと笑う。

「覚えておきます」

佐方は笑みを返した。

頭を下げ、副部長室を辞去する。

廊下に出た佐方は、窓から外の景色を見た。
地検の庭には、くちなしの花が咲いている。
すでに七月も中旬だった。
筒井が検察を辞めさせられたら、自分はどうするだろう。
追い腹を切るか、それとも、石に齧りついてでも検事を続けるか。
筒井のいない検察は、想像できない。
だが、検事を辞めた自分も、想像できなかった。
――いずれにせよ、自分はまっとうに罪を裁かせるだけだ。
佐方は歩を進め、公判部のフロアに向かった。

第三話　正義を質す

がった。

宮島口の乗船場からフェリーに乗った佐方貞人は、混雑した船室を避けデッキへあがった。

今年も、あと三日で終わる。マスコミは、時代の大きな節目を感傷と希望をもって報じている。宮島行きのフェリーは、年末年始を〝神の島〟で過ごす家族連れや観光客で賑わっていた。

デッキに出た佐方は、吹き付ける寒風から身を守るため、コートの襟を立てた。デッキの人影は、まばらだった。遠くに見える朱塗りの大鳥居へカメラを向けている男性と、肩を寄せて何事か囁き合っている若い男女がいるだけだ。

邪魔しないよう、誰もいない船尾へ向かう。フェンスに腕を預け、海を見つめた。船の後方に、白い航跡が二手に分かれて広がっていた。航跡を追うように、海鳥が数羽ずつ群れて舞っている。

大きく伸びをし、振り返って前方に目をやった。彼方に、厳島神社が見える。

佐方が宮島を訪れるのは、三度目だった。

一度は高校に入ったばかりのころだ。学校に馴染めず、授業をさぼり屋上で煙草をふかしていると、無性に海が見たくなった。校舎を飛び出し、港へ行った。呉原港から、宮島行きのフェリーが出ていた。財布のなかを見ると、ぎりぎり、宮島までの往復船賃が入っていた。衝動的に船に乗り、宮島へ向かった。宮島でなければいけない理由などなかった。ただ、どこか日常ではない場所へ行きたかっただけだ。

もう一度は、まだ赤ん坊のころだ。もちろん、記憶はない。写真を見て、自分は生まれて間もないときに宮島へ行った、と知っているだけだ。

小学校に入学したばかりのころ、祖父母の家にあったアルバムで、その写真を見つけた。

両親が、厳島神社の前に立っている写真だった。母の腕のなかには、まだ首も据わらないくらいの赤ん坊がいる。裏の覚書で、自分だと知った。覚書には日付とともに、「宮島にて。貞人お宮参り」と記されていた。

母の小百合は、佐方が三歳のときに病没している。小百合が元気だったころの写真は、そう多くない。親子三人で撮ったものは、佐方が知っている限りその一葉だけだ。

弁護士だった父の陽世はいつも忙しく、家にいることは少なかった。家族でどこかへ遊びにいった記憶は残っていない。小百合の病院通いと陽世の多忙のせいで、家族写真を撮るような機会も滅多になかったのだろう。

小百合とふたりで写った写真は、何枚か残っている。しかし、佐方はお宮参りのときの小百合の写真が、一番気に入っていた。

陽世に寄り添う小百合は、佐方の記憶に残る姿より小柄に見える。だが、穏やかに微笑みを湛えた顔は、記憶のなかの母と、寸分も違わなかった。はじめての我が子を腕に抱く母性のなせる業なのか、写真のなかの小百合は、慈愛に満ちた表情をしていた。宮島での写真を目にした幼い佐方には、母の表情がひどく神聖なものに感じられた。

いまにして思えば、高校生のとき学校をサボって宮島を訪れたのは、母の面影を求めてのことだったのかもしれない。当時は、母親がいないコンプレックスを認めたくなくて頑なに思考から除外していたが、大人になってみれば、母恋しさもあってフェリーに乗ったのだと、素直に思える。あれからずいぶん経ったいまも、宮島と聞いただけで小百合を思い出すのだから、きっとそうなのだろう。

検事に任官してから多忙な日々に追われ、年老いた祖父母はもちろんのこと、亡くなった両親に思いを馳せる時間も少なくなっていた。この年末、宮島行きのフェリーに乗らなければ、記憶の底に沈んだ母の思い出を、ここまで掬い上げることもなかったかもしれない。

——持つべきものは、同期の桜か。

佐方は海を見つめながら、木浦亨の顔を思い浮かべた。

司法修習生時代の同期、木浦から電話を受けたのは、昨日のことだった。

佐方は朝から、デスクワークに追われていた。官公庁は翌日から年末年始の休暇に入る。年内に仕上げておきたい書類が、机の上に山積みになっていた。腹を括り、書類にペンを走らせていると、卓上の電話が鳴った。直通の方だ。

佐方はペンを走らせながら、受話器をあげた。

「はい、佐方です」

受話器の向こうから、聞き覚えのある声がした。

「仕事納めで忙しいところ悪いな。変わりないか」

広島地検にいる、木浦だった。

懐かしい声に、張り詰めていた仕事モードの気が緩む。ペンを机に置くと、椅子の背にもたれた。

「ああ、変わりない。あのときは世話になったな」

以前、ある事件に関与していた刑事の身辺調査を、木浦に依頼した。

木浦は恩を売った話には触れず、間延びした声で訊いた。

「正月は、帰省するのか」

「そのつもりだ」

佐方は答えた。

明日は、滅多にやらない官舎の部屋の大掃除をし、地検で残りの書類仕事を片付けるつもりだった。三十日に帰広して、実家に戻る予定になっていた。祖父母ももう歳だ。いつ体調を崩してもおかしくはない。実際、祖父の敏郎は先月、ひどい風邪をひいた。肺炎を起こすまでには至らなかったが、治りが悪くこのひと月ほど、咳が続いているという。

二日前、大叔母の美代子がめずらしく地検に電話をよこして、正月の帰省を確認したほどだ。

「兄さんもねえ、このごろは体が良うないもんじゃけ、気弱になっとってねえ。なにかにつけて貞人、貞人いうて、涙ぐんでんよ。うちも、傍で見とって可哀想でねえ……貞ちゃんも忙しかろうが、なんとしてでも時間を作って、顔を見せちゃって。叔母さん、このとおりじゃけ――」

電話の向こうで、美代子の頭をさげる気配が伝わってきた。

佐方は居たたまれず口を挟んだ。

「叔母さん、いつもすいません。心配ばかりかけて。三十日には、間違いなく帰れると思います」

美代子は安堵の息をつくと、声に喜色を滲ませた。

「ほうねー。三十日じゃったら、うちが車で送ってあげるよ。呉原の家で落ち合うて、ほいで車で帰りゃあ、夕方にはあっちに着くけ。あんたも呉原は久しぶりじゃろ。あんたが出た西高校の方にも、ちいと寄り道して帰りゃええが」

山の中腹に立つ懐かしい校舎が、頭に浮かぶ。広島から呉原までは在来線で四十分だ。朝一番の新幹線に乗れば、遅くとも昼の二時には呉原へ着く。呉原の美代子の家から郷里の次原(つぐはら)市山田(やまだ)町までは、車なら一時間ちょっとだ。

「すいません。お言葉に甘えさせてもらいます」

母校の校舎から、呉原湾を見てみたかった。眼下に広がる瀬戸内海の眺めは、当時のままだろうか。

佐方のなかで、帰省の楽しみがひとつ増えていた。

予定を伝えると木浦は、広島に帰るなら久しぶりに会わないか、と佐方を誘った。

「こっちに来るのを一日早めて、次の日に叔母さんのとこへ行くってのはどうだ」

「お前は帰省しないのか」

木浦の実家は長野にある。木浦も佐方同様、職務に忙殺されているはずだ。盆や正月休みでもなければ、遠く離れた実家に帰る機会はそうそうない。木浦が卒業した大学も、地元の信州大学だ。帰省すれば、学生時代の友人にも会えるだろう。

うむ、と呻(うな)ると、木浦は言い辛(づら)そうに言葉を濁した。

「ちょっと……その、なんだ。事情があってな。いまは親に顔を合わせづらいんだ」

大仰にため息を吐き、経緯を説明する。

木浦には結婚を前提に付き合っている女性がいた。親もその女性の存在を知っている。近いうちに実家に連れて来いと言われていたが、つい先日、婚約を解消したというのだ。

佐方は驚いた。婚約者の話は寝耳に水だ。以前は、彼女ができるとさんざん、惚け話を聞かされたものだが、広島と米崎に別れ、また社会人になって、それだけ距離ができたということだろう。

修習生時代に戻ったつもりで、佐方は小さく声をかけた。

「大丈夫か――」

聞くともなしに耳を立てていたのか、事務官の増田がちらりと佐方を窺った。

佐方は、私用だとわかるよう片手をあげ、椅子ごと増田に背を向けた。

「ああ。女の件はもう、吹っ切った。ただ、予定が狂っちまってな」

できるだけ快活な声音を意識し、冗談めかして佐方は言った。

「なるほど。本来は婚約者と過ごすはずの予定がなくなり、実家にも帰りづらい。それで、俺に声をかけたってわけか」

図星だったのだろう。木浦は言い訳めいた口調で釘を刺した。

「なにも、あっちがダメになったからこっちというわけじゃない。お前の顔が見たいのは本当だ。それに、いい風呂と豪華な料理をドブに捨てるのも、もったいないしな」

「なんだ、その風呂と料理ってのは」

木浦の話によると、明日から一泊の予定で、宮島の旅館に予約を入れてあるという。なかなか予約が取れない高級旅館で、暮れの予約は半年前から埋まっているほどの人気らしい。

「年末を宮島で過ごすことにしたのは、彼女が一度も行ったことがないと言ったからなんだ。せっかく行くなら評判がいいところがいいと思って、俺にしては奮発したんだ。彼女と別れたあと、予約を取り消そうと思ったが、もうキャンセル料が発生する時期でな。風呂にも入れず料理も食えず、そのうえ金まで取られるかと思うと、なんだか悔しくて、お前を誘った」

佐方は苦笑した。

いかにも木浦らしい。

木浦は昔から惚れっぽい性格で、女性にアプローチしてはよく振られていた。そのたびに木浦は佐方に愚痴をこぼした。居酒屋でやけ酒を呑みながら、口が堅く黙って話を聞いてくれるお前は、俺にとって弱音を吐ける数少ない友人だ、と木浦は佐方の肩に手を回した。

吹っ切ったとは言うものの、本音では、やはり愚痴を聞いてほしいのだろう。傷心の同期に、恋人と行くはずだった旅館で、ひとり酒を呑ませるわけにはいかない。

「そういうことなら、是非――お供したいね」

佐方は笑いながら語気を強め、快諾した。

「そうか」

電話の向こうから、安堵の気配が伝わってきた。

宮島からは、呉原行きのフェリーが出ている。旅館に泊まって翌日、美代子の家に向かえばちょうどいい。美味(うま)い酒を呑んで上等な料理を食い、ゆったりと風呂に浸かれば、一年の疲れも癒えるだろう。なにより、木浦をひとりにしておくのは忍びない。そう考えると、自分の部屋が散らかっていることなど、どうでもいいことのように思えた。溜まった書類仕事も、仕事始めの前日に登庁してすませてしまえば大丈夫だ。

「じゃあ、明日」

佐方は旅館の名前を手帳にメモすると、電話を切った。

厳島神社へ向かう参道は、多くの観光客や正月の買い物客で賑わっていた。道の両側にある土産店の売り子は客の応対に追われ、食事処(どころ)の店先には、飯時でもないのに順番待ちの列ができていた。御節料理の材料を品定めしているのか、海産物を扱う店の前には地元の者と思しき客が、品台を取り囲んでいる。

松飾りを売っている露店を通り過ぎ、途中で左に折れて細道に入る。山の方へ続く坂を上ると、目指す旅館はあった。

建物は古いが、手入れは全体に行き届いている。庭に配置された枝ぶりのいい松や、外窓の細やかな装飾、重々しい瓦屋根から、格式の高さが窺えた。

正面玄関の両側に飾られた見事な門松を眺めながらガラスの引き戸を開けると、着物姿の仲居が出迎えた。

木浦の名前を伝える。

部屋へ案内する仲居に、連れはもう着いているか、と訊ねると、仲居は笑顔で、お見えです、と答えた。

通された部屋に入ると、懐かしい顔が待っていた。

「おお、よく来たな」

浴衣に丹前を重ねた木浦は、ビールが入っているグラスを、佐方に向けて掲げた。風呂からあがったばかりなのだろう。額に汗が浮いている。

茶を淹れようとする仲居を、こっちでやるから、と手で制し、佐方は座卓を挟んで木浦の向かいに腰を下ろした。

「もう、はじめてたのか」

佐方は半分空になったビール瓶を、顎で指した。

「呑みたい気分なんだ。わかるだろう」

言いながら佐方にビールを勧める。

「アルコールもいいが、とりあえず風呂に入りたい。酒はあとで、死ぬほど付き合ってやる」

コートを脱ぎ、ネクタイを緩めながら佐方は言った。

「ああ、わかった」

苦笑いして木浦が戸棚を指差す。

「浴衣とタオルはそのなかだ」

一階の大浴場で檜の露天風呂を満喫し、浴衣に着替えて部屋に戻ると、すでに料理が運ばれていた。木浦の前に置かれたビール瓶は、二本に増えていた。服を衣紋掛けにかけて戸棚へしまい座椅子に腰を下ろすと、木浦が改まった口調で言った。

「急に呼び出して、悪かったな」

「なんの」

笑顔で応えた。

木浦がビール瓶を傾け、佐方に酌をする。

グラスが満ちると、佐方は木浦からビール瓶を受け取り、酌を返した。乾杯し、一息でビールをあおる。木浦もグラスを空にし、呻き声をあげた。

再び互いに酌をし、箸を持った。

風呂も素晴らしいが、料理も評判に違わなかった。板長が腕を振るった料理に舌鼓を打つ。

頃合いを見計らって、仲居が熱燗を運んできた。互いの猪口を満たし、酒はビールから日本酒へ移った。米どころの米崎県にもいい酒は揃っているが、生まれ故郷の酒は舌で感じる味とは別の美味さがあった。

仲居が火をつけていったコンロの網の上で、名物の焼き牡蠣が口をあける。

「これだよ、これ」

木浦が嬉しそうに、おしぼりを手にして殻を摘む。そのまま口元に持っていき、ひと口汁を啜った。感極まった態で首を振る。

「旨い！」

佐方も焼き牡蠣に手を伸ばし、大粒の牡蠣を汁ごと頬張る。火傷に気をつけ、息をふーふー出し入れしながら咀嚼した。

宮島名物の焼き牡蠣は、味が濃厚で甘みが強く、嚙むと牡蠣の汁が口腔いっぱいに広がり、とろけるように喉を通った。磯臭さはまったく感じない。十個でも二十個でもいけそうなほどだ。

修習生時代の同期の噂を語りながら、しばし酒と食事を満喫した。気の置けない相手と美味い料理、酒、これで酔わないわけがない。

蒸し物が運ばれてきたころ、木浦はそれまでの噂話をやめ、矛先を変えた。

「ところで、仕事はどうよ」

木浦の質問が具体的になにを指しているのかわからない。佐方は曖昧な返事をした。

「お前と同じさ」

木浦は一本取られたというように、苦笑した。

「貧乏暇なしってところか。そういえば——」

木浦は銚子を佐方に差し出し、酒を注いだ。

「例の記事、米崎のほうはどうだ。仕事に支障は出てないか」

猪口を口に運ぼうとしていた佐方は、途中で手を止めた。顔をあげ、木浦を見る。

木浦が言う、例の、とは、スキャンダル雑誌「噂の真実」に載った告発記事のことだ。

ひと月前に発売になった「噂の真実」十二月号に、検察の裏金問題が掲載された。

「現職検事が裏金の内幕を暴露！」と銘打たれた六ページにわたる特集記事の内容は、検察が多額の裏金を不正に使用していると告発したものだった。

検察庁には「調査活動費」という名目の予算がある。情報提供者に対する謝礼を目的としてつけられた予算だが、その金を各検察の検事正が、すべて私的に流用している、というのだ。

匿名取材に答えた某検事は、不正がどのように行われているのか、かなり詳細に検察の手の内を曝け出していた。

調査活動費の予算は、法務省から支出される。中小の地検であれば年間およそ四百万円、大阪地検や福岡地検などの大規模庁になると二千万円、中枢機関の東京地検には、三千万円もの予算がついている。

その金を、どのような方法で私的に流用するのか。某検事は具体的に語っている。

端的に言えば、架空の請求書を作成するのだ。たとえば、実在しない情報提供者を複数名でっちあげる。その架空の人間に謝礼を支払う形にするのだ。

しかし、実在しない人間から、領収書はもらえない。では、誰が偽の領収書を作るのか。

一部の検察事務官だ。

領収書だけではない。領収書を切るまでに必要な手続きの書類をすべて作成する。

この人間に調査活動費を支払ってもいいですか、と検事正に了承を得るための「伺い書」と呼ばれる書類もそのひとつだ。

中小の地検の予算で考えると、年間四百万円を不正に流用しようとすれば、一件五万円の謝礼支払いで八十件、伺い書も入れると、最低でも百六十通にもおよぶ関係書類を作成しなければならない。事務官の本来の職務は、検事の補佐だ。検事がスムーズに案件を処理できるようサポートするのが役目だ。しかし、実情は、架空の請求書の書類作成に追われる事務官もいる。なかには「検事正が使う金のために何でこんなことをしなければならないのか」と不満を漏らす者も少なくない、と記事には書かれていた。

さらに告発文は続く。

事務官の手によって作成された架空領収書によって浮いた金は、どこへ保管されるのか。

事務官のトップ、事務局長の部屋だ。どこの地検も、長がつく者の部屋は個室になっている。金を扱う事務局長の部屋には金庫が常備されているが、そこに裏金が保管される。

浮かせた裏金の多くは、検事正が行う接待に費やされる。最高検、高検、法務省などから高官が来たときの接待費に使うのだ。そのほか、検事正自らのゴルフ代、会食代、香典、麻雀をする者はその遊興費まで裏金から出る。

表に出せない金とはいえ、やはり管理は必要だ。裏金にも通称裏帳簿と呼ばれる帳簿が存在するが、検事正が使った金の用途はどのように記載されているのか。それはすべて「××万円検事正渡し」となる。

検事正からの領収書は必要ない。なぜならば、裏金は全額、一身専属だからだ。事務局長はおろか、次席といえども裏金のおこぼれには与(あずか)れない。検事正のみ、専属で使用可能なのだ。

検事正以外の者は、接待費はもちろん冠婚葬祭費も、すべて自腹となる。それらの金はもちろん給料から支出するのだが、検事正は裏金から出す。わかりやすく言えば、検事正は給料以外に、毎月三十万円以上もの副収入があることになる。

記事はこう結ばれていた。

「裏金の存在は、関係者ならば周知のことだ。検事正のゴルフ代や会食費、ともすれば夜の遊興費まで、国民の血税が使われているという。これが真実なら、検察の一枚看板である〝秋霜烈日(しゅうそうれつじつ)〟を、即刻とりさげるべきだろう。腐った慣例には国民の手で、正義の鉄槌(てっつい)を下さなければならない」

この告発は、検察中枢部に激震を走らせた。波紋は徐々に広がり、佐方がいる米崎地検にも揺れは届いている。実際のところどこまでが真実なのか、検察関係者の多くはわかっていない。しかし、いったい誰がリークしたのかも含めて、検察内部で疑心暗鬼が深まっているのは事実だ。

「噂の真実」が店頭に並んだ日から、全国の地検には市民の苦情や不満、マスコミからの取材依頼が殺到した。一番被害を受けたのは、窓口になっている広報だ。米崎地検の食堂でも、広報課の人間がうんざりした顔で、「クレームが凄くて仕事にならない」と上司に愚痴っているのを目撃した。

米崎地検では、誰が命じたわけでもないのに、裏金問題は暗黙のタブーになっていた。真実を知りたいと思っていても、真相を突き止めることは容易ではない。仮に真相にたどり着けたとしても、告発が事実なら検察の権威は失墜する。探求者は自分で自分の首を、絞めることになる。

佐方自身は、裏金問題に関して現時点では静観を決め込んでいた。自分が担当している案件同様、クロかシロかを決定づけるだけの情報がないからだ。佐方が事件を扱うときに重きを置いていることは、色眼鏡をかけないことだ。真っさらな頭で案件に向き合い、白黒どちらかの確信が持てるまで、徹底して情報を集める。その姿勢は、自分の担当案件だろうが、検察組織を揺るがす事案だろうが、同じだ。情報が手元にないいま、安易に騒ぐべきではない。そう思っていた。

　木浦がここで裏金に触れるということは、ただ単に探りを入れてきているのか。それとも、なにか新しい情報を握っているのか。あるいは、裏金が事実であることを前提に、検察組織の抜本的改革案でも打とうというのか。

　佐方は探りを入れるため、木浦の顔を窺った。

「そりゃあ、あれだけの大地震だ。東北にいたって揺れは感じるよ」

「だろうな。震源地が近いぶん、こっちは大揺れだ」

　震源地——リーク元のことか。

　唖然として木浦を見た。

　佐方の猪口に酒を注ぎ足しながら、木浦はぼそりと言った。

「実はある筋から、精度の高い情報が入っている。裏金問題をリークしたのは、さる高検の幹部らしい」

　佐方は口に持っていきかけた猪口を止めたまま、木浦を見据えた。

「噂の真実」には、告発者は現役検事と記されていた。どこまで本当かはわからない。本当だったとしても、自分と同じ下っ端の平検事が、組織に対する日頃の憤懣を吐き出したのではないか、と佐方は想像していた。

　しかし、リークした人間が高検の幹部となると話は違う。現役で組織の中枢にいる人物の言葉は、はるかに重く信憑性が高い。発信源をマスコミが嗅ぎ付けたら、事はさらに大きくなるだろう。

部屋に沈黙が広がる。破ったのは、仲居の声だった。

「失礼してよろしいでしょうか」

襖の外から仲居が声をかけた。

木浦が応諾すると、襖が開き正座した仲居が顔を出した。

「上杉さまとおっしゃる方が、お客様にお会いしたいと訪ねていらっしゃっていますが、いかがいたしましょう」

咄嗟に佐方の頭を過ぎったのは、木浦の婚約者だった。急に気が変わって縒りを戻そうと訪ねて来たのかもしれない。今日、ここに木浦がいることを知っているのは、婚約者しかいないはずだ。もしそうなら、自分は挨拶だけして、即座に退室すべきだろう。

ボストンバッグを引き寄せ、立ち上がって戸棚に向かう佐方の姿から内心を悟ったのだろう。木浦は慌てて佐方を手で制した。

「違う、違う。女じゃない」

可笑しそうに笑って続ける。

「初対面には違いないが、まあ、改めて背広に着替えるほどのこともないだろう」

佐方は目で問うた。

――いったい、誰が来たのか。

木浦は答えることなく、仲居に促した。

「部屋にお通ししてください」

ほどなく、仲居に案内されてひとりの客が入室してきた。恰幅のいい中年男性で、上品なチャコールグレーのスーツに身を包んでいる。

見覚えはない。

客は四角い顔に人の良い笑みを浮かべ、ふたりを交互に見た。

「やあ、同期で気兼ねなく酒を楽しんでいるのに、邪魔して悪いね」

客は大きな身体を揺らしながら部屋に入ってくると、仲居が用意した上座の座布団に腰を下ろした。下座に佐方と木浦が並んで座る。仲居は卓上を片付け、三人に茶を淹れると、腰を折って静かに退出した。

仲居が姿を消すと、訝しさを内に隠し会釈する佐方に、木浦は客を紹介した。

「こちらは広島高検の、上杉義徳次席だ。お会いするのははじめてだろう」

上席の突然の来訪に、佐方は驚いて緩んだ浴衣の合わせを整えた。膝を正し、改めて頭を下げる。

「寛いだ格好で失礼します。木浦検事の同期で、現在、米崎地検公判部に所属している佐方貞人です」

畏(かしこ)まる佐方に、上杉は頬を緩め、膝を崩すよう勧めた。

「そんなに硬くならんでくれたまえ。私が木浦くんに無理を言って引き合わせてもらったんだ。君には一度、会いたいと思っていたからね」

上杉の言葉を受け、木浦が仔細(しさい)を説明する。

彼女との婚姻を決めたとき、上杉に仲人を頼んでいた。本当は今夜、木浦と婚約者、上杉次席夫妻の四人で、顔を合わせる予定だった。が、突然、破談になってしまった。佐方を宮島へ誘ったあと、上杉へ連絡し事情を説明した。すでに予約してある次席夫妻の旅費や宿のキャンセル料はむろん自分が支払うので、顔合わせは取りやめにしていただきたい、と平身低頭で詫(わ)びた。わかった、とその場は了承を得たが、折り返しかけてきた電話で上杉は、やはり宮島へは行く、と前言を翻した。

「うちの家内が、宮島行きをとても楽しみにしていてね。そんな事情なら、せっかくの宿だし自腹で、仲人の件とは別に個人的な旅行をしたい、と言うんだな。家内と旅行など久しくしていない。あれの望みを叶(かな)えてやりたかったこともあるが、木浦くんから君が来ると聞いて、腹を決めた」

佐方は釈然としなかった。上杉とは面識がない。自分に会いたいと思う理由がわからない。

佐方の顔色から、怪訝(けげん)な思いを悟ったのだろう。上杉は理由を述べた。

「君のことは大学の後輩の筒井くんから聞いているよ。滅多に人を褒めないあいつが君にはぞっこんでね。前々から君の顔を、ぜひ一度、拝みたいと思っていたんだ」

筒井義雄は米崎地検の公判部副部長で、佐方の直属の上司にあたる。

話を聞くと、上杉と筒井は同窓らしい。以前から親交があるようだ。

先日、ゼミの恩師を囲む会で顔を合わせ、部下の自慢をさんざん聞かされた、と上杉は言う。

「お前は恵まれてるな」とやっかみ半分、「俺にはそんな上司おらんぞ」とぼやき半分に木浦がこぼす。

佐方は苦笑いして木浦の肩を叩いた。

「そのぶんお前は、昔から女性にもてる」

「まあな」

満更でもない口調で、木浦が湯呑に口をつける。

「そうだ。またいい女性が、すぐ見つかるよ」

上杉が話をまとめるように、座を和ませた。

新規で熱燗を頼み、酌を交わしながらひととおり雑談がすんだころ、上杉が思い出したように言った。

「ところで、君の実家は次原市だと聞いているが」

筒井から聞いたのか、木浦が話したのか。訝りながら佐方は肯いた。

「正確には、父の生家です」

上杉の目が、なにかを思い出すように宙を見やる。

「そう、君のご尊父は、弁護士だったな。名前はたしか、佐方陽世弁護士——違うかな」

今度ばかりは、佐方も訊ねずにはいられなかった。実家の件といい、父親の話といい、上杉はなぜそこまで自分の身辺を知っているのか。

「どうして父のことをご存じなんですか」

上杉はしんみりとした口調で語りかけた。

「地方の検察とその土地の弁護士会が、なにかと交流を持っていることは、君もよく知っているだろ。私も仕事柄、広島弁護士会の人間と会う機会は多い。あんなことになってしまったが、ご尊父は依頼人からの信頼も厚く、弁護士仲間からも尊敬を集めていた。裁判の結果は結果として、広島弁護士会が陽世氏の名誉回復に動いているという話は、むべなるかな、だ」

父親の陽世は、業務上横領罪で実刑を受け、法曹資格を剥奪され獄中死している。陽世の十三回忌で横領の隠された真実が明らかになったのを機に、故人の友人である篠原弁護士が中心となって、名誉回復のため奔走してくれていることは佐方も承知している。上杉の耳に入ったとしても、不思議はない。

上杉は口元を緩め、佐方に銚子を差し出した。

「ご尊父の件、同じ法曹界に身を置く者として、胸が痛む。こちらの方でもなにか出来ることがあれば手伝いたいと、弁護士会に申し入れたところだ」

佐方は小さく頭をさげ、無言で上杉の酌を受けた。

篠原や上杉が父のために動いてくれていることは、素直にありがたいと思う。しかし、自らの意思で懲役刑を受けた父の本懐を思うと、複雑な気持ちになる。

それに――

佐方は思った。

話ができすぎている。どこか違和感を覚えた。違和感の正体はわからないが、喉元になにかが引っかかり、どうにも腑に落ちない。

佐方の違和感をよそに上杉はしばらく雑談を続け、女房が待っているから、と腰を上げた。

「あとは同期で気兼ねなく、上司の悪口でも言ってくれ」

上杉が冗談めかして言う。

「いえ、滅相な」

愛想笑いで木浦が追従する。佐方は薄く口角をあげた。

襖が閉まるまで、木浦とふたり畳に手をつき、頭をさげて上席を見送る。

上杉が退室すると、木浦は帳場に電話を入れ、新規の熱燗と食事の続きを頼んだ。上座に回り、座椅子にどっかりと腰を下ろす。

「上杉さん。次は高検検事長、次の次はいよいよ、最高検みたいだ」

「そうなのか」

関心はないが、とりあえず話を合わせた。

「ああ。いまのうちに顔見知りになっておいて、損はない」

言いながら木浦は、佐方の猪口に日本酒を注ぎ足した。

料理の締めとなる牡蠣飯と吸い物が運ばれてくると、木浦は椀をひと口啜り、ついでのように訊ねた。

「そういえばお前、仁正会の溝口を担当してるそうだな」

佐方は箸を止めた。

――なぜ、その話を？

違和感がまたひとつ、喉に引っかかった。

仁正会は広島県最大の暴力団で、溝口明はそのナンバーツー、理事長の座にある。西日本最大の暴力団抗争と言われたいわゆる広島代理戦争の折、日本最大の暴力団である神戸明石組に対抗するため、かねて敵対していた広島の群雄組織が、過去の恩讐を超え大同団結してできたのが、仁正会だ。中心となったのは、初代会長を出した旧・綿船組と、副会長をいただく五十子会である。当時、溝口は綿船組の若頭で、仁正会結成と同時に理事長の座に就いていた。

その溝口がこの秋、二年越しの捜査で米崎県警に逮捕され、米崎地裁で公判にかかっている。木浦が言うように、公判担当検事は佐方だった。

事件の概要はこうだ。

いまから二年前の夏、米崎県内のゴルフ場開発に絡み、元請けの角浦建設が四千万円を恐喝される事案が発生した。

被疑者は、溝口とその舎弟、土岐篤である。米崎県警捜査四課は、なんとしてでもこの事案を立件しようと、躍起になった。県警には、仁正会の影響を米崎から排除したい理由があった。

抗争の未然防止である。

土岐は米崎県の出身で、溝口とは大阪刑務所で知り合った。服役中に溝口の舎弟となり、出所後は広島に居を移して溝口組の幹部となった。

いまから三年前、土岐は地元に戻り、米崎市で右翼団体奥羽仁桜会を立ち上げた。構成員は土岐を入れて八名。表向きは政治団体を名乗っているが、実質的には仁正会溝口組の東北支部だ。その証拠に、代紋は仁正会のものを使用している。

仁正会の進出に泡を食ったのは、地場の暴力団組織だった。ただでさえ地元同士で鎬を削っているところに、組織が増えればそれだけ凌ぎに影響が出る。よそ者に食いつぶされてはならぬと、地元組織は結束して、奥羽仁桜会を潰しにかかった。

一触即発のきな臭い空気のなか、県警は抗争を未然に防ぐため、警備を強化し暴力団の動向に目を光らせた。奥羽仁桜会の引きネタを探し、県警四課は土岐の周辺を、地を這いずるようにして嗅ぎまわった。

四課が土岐の引きネタを入手したのは、奥羽仁桜会結成から一年後だった。県警二課の知能犯係が、角浦建設に帳簿外の裏金が存在することを摑み、総務部長を業務上横領の容疑で逮捕した。取り調べの過程で出てきたのが、土岐による恐喝事案だった。

が、事件はそこで留まらなかった。

角浦建設への家宅捜索で溝口明の名刺が出てきたことから、県警は溝口が事件に関与した可能性が高いとみて、慎重に捜査を進めた。溝口のアリバイを密かに調べ、関係者の銀行口座を虱潰しに洗い出した。そしてついに、事件後、土岐から溝口の妻の口座へ、二千万円の金が入金されている事実を摑んだ。

こうして、発覚から二年にもわたる、粘り強い捜査は実を結んだ。逮捕状が下りたのはこの九月だ。米崎県警捜査四課は、大量の捜査員を派遣し、広島県警の協力を得て仁正会事務所を家宅捜索。溝口の身柄を拘束した。

第一回公判は十二月上旬に開かれ、佐方は冒頭陳述を読み上げたばかりだった。

佐方は休めていた箸を動かし、何食わぬ顔で料理を口に運んだ。

「県警が二年も掘ってきた事件だ。責任は重いよ」

「弁護士の保釈請求がしつこいという話じゃないか」

肯く。

「ああ、弁護団が執拗に要求してきている」

刑事訴訟法第八十九条は、必要的保釈を規定している。必要的保釈とは、勾留されている被疑者や被告人、その配偶者、弁護人などの保釈請求権者が、当人の保釈を請求できるというものだ。請求された場合、裁判所は特別な事例を除き、保釈を許さなければならない。

溝口の弁護団は、起訴された直後から、保釈請求を行っている。しかし被告人は暴力団幹部で前科も多く、今回の起訴事案で事業者から恐喝した金も、総計四千万円と多額だ。有罪となれば、懲役十年以下の重い刑罰となる。

佐方は裁判所に、刑事訴訟法第八十九条に照らして、保釈には賛同できない旨の、不相当意見書を提出していた。しかし、主任弁護士は、溝口に逃亡の慣れがないことや、持病の糖尿病の悪化を理由に、第一回公判終了後に再度、保釈の請求を行っている。被告人は暴力団幹部で、証拠隠滅の懼れもある。持病があろうと、拘置所で一定の治療は受けられる。佐方でなくとも検事ならおそらく十人が十人、保釈に同意しない案件だ。

木浦が肯き、食べ終えた椀に蓋をする。声を潜めた。

「その件なんだがな。実はここだけの話——」

木浦は座椅子の背にもたれると、仁正会の内部事情と広島県警の思惑を語りはじめた。

仁正会は、副会長の五十子正平を除名処分にしている。任侠道に背く行為これあり、というのが表向きの理由だが、内部でどんな事情があったか、詳細は詳らかではない。直後、五十子会と呉原でかねて覇を争う老舗の尾谷組が、五十子会とその傘下にある加古村組相手に全面戦争をしかけ、双方合わせて死者七名、重軽傷者二十二名、逮捕者四十五名を出す大抗争事件に発展した。

会長と若頭を殺された五十子会は内部分裂を起こし、傘下の加古村組も、組長が長期刑を打たれ若頭が殺されたため、解散の憂き目にあっている。その後、両組の残党同士が組み、新たな暴力団組織・呉原烈心会を結成した。

烈心会の会長は、五十子会の若頭補佐を務めていた橘一行。橘は仁正会本部長の笹貫幸太郎と兄弟分の盃を交わしている。兄弟といっても四分六の盃で、兄貴分はもちろん笹貫だ。実際には、烈心会は笹貫組の傘下と言っていい。

仁正会はもともと派閥抗争が激しく、二代目の座を巡って、理事長の溝口派と副会長の五十子派が、水面下で鎬を削っていた。

除名処分になったあと、五十子は殺されている。

五十子がいないいま、本部長の笹貫が中心となり、溝口と激しく対立している。優位に立っているのは、座布団の順から言えばむろん格上の、溝口だ。ナンバーツーの溝口が跡目を継ぐのが、やくざ社会の常道と思われた。

ところが、溝口が収監された三日後に、仁正会会長の綿船幸助が心不全で急死する。結果、跡目争いは一挙に、混沌の度を深めた。

「会長の急死、ナンバーツーの不在。仁正会は、蜂の巣をつついたような騒ぎだ」

木浦は猪口で口を湿らせながら、説明を続けた。

緊急幹部会の席上、多数派を占める溝口派の中核で幹事長の瀧井銀次が、二代目問題の一時棚上げを主張し、それに対し反主流派は、笹貫を会長代行にして早急に組織の結束を固めるべき、と反論した。長期の社会不在が予想される溝口の出所を待っていては、仁正会はよそ者に舐められ、ばらばらになってしまう、というのが笹貫派の言い分だった。

話し合いは収拾がつかず、仁正会は内部分裂の様相を呈しはじめる。笹貫一派は溝口派の一部を懐柔し、将来の役職を餌に分断工作を図っているとの噂だ。このままでは仁正会は真っ二つに割れ、大規模な抗争事件に発展する可能性が高い。

抗争を防げるか否かは、溝口が保釈で娑婆に戻れるかどうかにかかっている。溝口が戻れば、豊富な資金を武器に、一気に巻き返しを図るだろう。理事長本人が幹部会に出席すれば、貫目から言って否も応もない。入れ札で二代目継承を即決することも可能だ。

一方の笹貫は、なんとしてでも溝口の二代目を阻みたい。娑婆に戻った溝口が、幹部会で二代目襲名の正式な手続きを踏めば、大義名分がなくなり、笹貫も表立っては動けなくなる。

木浦は、いま広島がどれほど緊迫した状況下にあるかを訥々と語った。

佐方は黙って聞いていた。

――木浦の腹がいまだに読めない。

佐方は煙草に手を伸ばし、火をつけて大きく吸い込んだ。

しばらく紫煙を見ていた木浦が、視線を戻し、意を決したように言う。

「実は――県警の四課は、抗争が起きることを望んでいる節がある」

「なに」

佐方は思わず声をあげた。

「抗争事件が起きれば、さまざまな罪状で多くの組員を逮捕できる。死傷者や、引退する幹部も続出するだろう。暴力団を壊滅させるチャンスだ」

 こともなげに言い、木浦が続ける。

「口では抗争の未然防止を謳っているが、本音は大歓迎さ。仁正会を壊滅に追い込むこともできるし、大掛かりな抗争になればなるほど、多額の予算もつく。なにより、四課の存在を、広く知らしめることができる」

佐方は眉根を寄せた。

マル暴の考えはわからなくもない。警察は悪党を取り締まるのが使命だ。反社会勢力の暴力団と警察は、長きにわたり鬩ぎ合っている。現実に可能かどうかは別として、暴力団組織をこの世から壊滅させることは、警察の悲願とも言える。だが、自らの悲願を達成するために、市民を巻き込む可能性を無視して抗争勃発を黙認するというのであれば、本末転倒も甚だしい。

知らず唇を嚙む。くわえていた煙草の灰がぽとりと落ちた。

佐方は煙草をつまみ、慌てて灰皿で揉み消した。

もう一本、ハイライトを抜き出し口にする。木浦が卓上のマッチで火をつけた。

会釈して深く吸う。

――いったい、木浦の狙いはなんだ。

ニコチンの回った頭で考えた。

煙草を半分ほど灰にしたとき、木浦が口火を切った。

「お前、どう思う」

佐方のなかに、溜まりに溜まった違和感が込み上げてくる。

――そもそも木浦は、なんのために俺を呼んだ。

黙ったままの佐方を、木浦が強い眼差しで見据える。

「俺は、司法に携わる人間として――いや、一個人としても、暴力団の衰退を望んでいる。しかし、なんの関係もない市民の命が危険に曝されるようなことは、絶対に看過できない。市民生活を脅かす懼れがある暴力団抗争は、どんな手を使ってでも防ぐべきだ」

木浦が喉を上下させる。唾を呑み込んだのだろう。きっぱりと言った。

「俺が担当検事であれば、抗争事件の勃発を防ぐためなら――罪もない市民の犠牲を生まないためなら、溝口の保釈もやむを得ない、と考えるだろう」

佐方は、フィルターだけになった煙草を、灰皿で強く揉み消した。

「それは、広島検察の総意なのか」

ふたりの視線がぶつかる。

木浦は視線を逸らし、息を吐きながら緊張の糸を緩めた。

「さあ、それはわからん。いま、話したのはあくまで俺の考えだ。だが、抗争事件が起きて大量の逮捕者が出たとなれば、それぞれの案件の公判は何年にも及ぶだろう。検事の処理能力には限界がある。お前もよく知っているとおり、俺たちはただでさえ目が回るほど忙しい。これ以上忙しくなることを望む検事は、そうそういないだろうよ」

佐方はまた煙草をくわえ、ニコチンを補給した。脳細胞に鞭を打ち、違和感の正体を探求する。

二分後――

パズルのピースがかちりと、嚙み合った。口角をあげる。

「なにが可笑しい」

木浦が気色ばむ。そのつもりはなかったが、木浦には、佐方が笑ったように見えたらしい。

佐方は座卓に両肘をつくと、組んだ手に顎を乗せた。

「お前、女性の話は嘘だろ」

木浦は一瞬、頬を引き攣らせた。見過ごしてしまいそうなほど僅かなものだったが、佐方は見逃さなかった。

木浦はすぐに表情を戻し、訊き返した。

「なぜ、そう思う」

佐方は座椅子の背にもたれると、腕を組み手を丹前の袖に入れた。

「まず第一に、お前は破談になった婚約者の話を、これまでまったくしていない。年も、素性も、背格好も、だ」

木浦の表情が硬くなる。

「お前は婚約していた女との仲が壊れ、傷心で宮島へ来たはずだ。いままでのお前なら、酒を呑みながら夜中まで毒を吐き出したに違いない。それなのに、今夜のお前は、別れた女がどこの誰かも、破談に至った経緯も、いっさい話していない。愚痴の欠片、もだ」

「第二の理由は？」

木浦が訊ねる。

「いましがた顔を出した、高検の次席だ」

「ずっと顔を見たいと思っていたお前に会いに来ることの、どこがおかしいんだ」

佐方は宙に目をやり、言い聞かせるように言葉を発した。

「検事の仕事には異動がつきものだ。結婚式をいつどこでやる予定だったかは知らんが、お前も次席も、そのころ広島にいるとはかぎらない。そもそも新任明けの新米検事が、高検の幹部に仲人を頼むこと自体、不自然だ。次席に頼むにしても、筋としては地検の次席だろう。上杉次席とお前とは、出身地も大学も違う。あの人は俺の上司、筒井副部長と同じ、中央大学だろう。信州大のお前とは、接点があると思えない」

「――だから？」

佐方は視線を戻し、木浦を真っ向から見据えた。

「婚約者の件も破談話も仲人の件も、全部、嘘っぱちってことさ」

佐方の推論にじっと耳を傾けていた木浦は、やがてさも可笑しそうに声をあげて笑いはじめた。

「ずいぶんと疑い深い検事になったもんだ。俺がお前に嘘をついて、なんの得がある」

「俺をここに呼び出して、籠絡（ろうらく）するためだ」

「籠絡？」

木浦が真顔に戻る。

佐方は肯いた。

「そう、高検の次席が親父の話を持ち出したのも、俺に因果を含めるためだろう。溝口を保釈させるためにな」

木浦は唇を真一文字に結び、黙って話を聞いている。佐方は言葉を続けた。

「さっきお前は、溝口の釈放は広島検察の総意ではない、と言った。それなのに、なぜ高検の次席が出張ってきたのか。問題の鍵はこの一点に尽きる」

木浦が訊ねる。佐方は確信を込めて答えた。

「なぜだと思う」

「裏に、なにかある」

木浦は、ほう、とつぶやくと、黙り込んだ。佐方がどこまで把握しているのか、推し量っているように見える。

やがて木浦は深く息を吐くと、佐方に身を乗り出し訊ねた。

「なにかとは、なんだ」

ひとつ息を吐き、核心を口にする。

「検察と仁正会のあいだで交わされた、裏取引さ」

木浦は佐方の目をじっと見つめていたが、姿勢を元に戻し、座椅子に背を預けた。喉を鳴らすように笑いながら首を振る。

「検察が暴力団と取引？　あり得ん」

佐方は唇を嚙んだ。自分の考えはあくまで推論にすぎない。木浦が否定する以上、話は先に進まないだろう。

しばらくのあいだ、部屋には、壁に掛かっている柱時計の音だけが響いた。

やがて木浦が、何事もなかったかのように快活な声を出した。

「寝酒にもう一杯、どうだ」

「ああ、もらおう」

仲居に頼み、熱燗を一合持ってきてもらう。

木浦に酌をしながら佐方は、先ほどから頭に去来する質問を投げた。

「なあ、木浦。お前の正義ってなんだ」

木浦が目を丸くする。

「俺の正義……？」

突然、振られて、戸惑ったようだ。少し考えたあとで、宙を見やりながら答えた。

「秋霜烈日だ。それ以外になにがある」

——秋霜烈日。

耳の奥で、木浦の言葉が木霊する。

秋霜烈日とは、秋の冷たい霜や夏の激しい日差しのような気候の厳しさをさす。刑罰、権威などが極めてきびしく、また厳かであることのたとえだ。検事の職務とその理想像を具現しており、検事バッジの意匠にも使われている。

「模範解答だな」

口角をあげ、木浦に言った。

冷やかされたと思ったのか、木浦はむっとしたように問い返した。

「じゃあ、お前の正義はなんだ」

「俺の正義か。俺の正義は――」

佐方は猪口に入っている酒をひと口飲むと、木浦を真正面から見つめた。

「罪を、まっとうに裁かせることだ」

木浦は黙って佐方を見ている。佐方も口を開かなかった。部屋の空気が張りつめる。

木浦がふと、表情を和らげた。自分の猪口を手に取り、一気に飲み干す。大きく息を吐いた。

「法律を杓子(しゃくし)定規に適応すれば、溝口は釈放されるべきじゃない。だが、市民生活の安全を第一に考えれば、しかるべく、処理されるのが望ましい」

佐方は唇を窄(すぼ)め、うむ、と唸(うな)った。

被疑者や被告人を保釈するかしないかの判断をする際、検察官の意見は非常に大きい。検察官の考えが、そのまま反映されると言っても過言ではない。

裁判所は保釈許可決定に際し、刑事訴訟法第九十二条において、検察官の意見を聴かなければいけないことになっている。

意見を求められた検察官は、「不許可」か「しかるべく」のどちらかの返答をする。不許可は、保釈を認めない。しかるべく、は裁判所の判断に任せる――保釈しても構わない、という意味だ。自分が勾留請求をしている立場の検察官が、保釈をしてもいい、と口にするのは憚られる。言葉にできない意思を、しかるべく、という単語に置き換えているのだ。担当検事が、しかるべく、と返答した場合、よほどのことがない限り保釈が決定する。

「しかるべく——か」

佐方は毒を吐き出すように言った。

「ああ、しかるべく——だ」

木浦が念を押すように答える。

木浦は否定したが、仁正会と検察のあいだに、なんらかの取引があることは間違いない。

いったい、取引の材料はなんだ——

頭のなかに、どす黒い霧が渦巻く。

木浦が銚子を佐方に差し出した。

酌を受ける。

「どうする」

木浦が、明日の予定でも訊ねるように言った。

佐方は注がれた酒をひと息であおると、木浦に視線を据えた。

「俺は、自分が正しいと思ったことをやるまでだ」

「そうか」

つぶやくように言うと、木浦はそれ以上、溝口の件には言及しなかった。雑談と同期の噂話に戻る。が、声に力はない。

仲居が布団を敷きにやってきた。

「寝る前に、ひと風呂浴びてくる」

木浦はタオルを手に取ると、部屋を出ていった。

佐方は窓のカーテンを開け、広縁に置かれている椅子に腰かけた。

ハイライトを口にくわえて、火をつける。

厳島神社の参道に立ち並ぶ灯籠が、灯りをともしている。穏やかな年末だ。橙色の明かりに照らされる参道を、佐方はじっと見つめた。

正月休みを終えて一週間が経った。

年が変わっても、佐方はなにも変わらない。いつものように、仕事に追われていた。

佐方の担当事務官である増田の卓上電話が鳴った。受話器をあげ、二言三言、言葉を交わした増田は、佐方に電話を回した。

「佐方さん、地裁の向井裁判官からお電話です」

向井は溝口の恐喝事件の担当裁判官だ。

転送された電話を、自分の直通電話で受けた。

向井の用件は、溝口の保釈請求に関するものだった。年明けに保釈請求が出ているが、担当検事の考えを聴きたいという。

「ちなみに」

向井は淡々とした声で、話を補足した。

「溝口被告の代理人の話によると、被告人は保釈された場合、のちに戻ってくる保釈金を、全額恵まれない子供たちのための慈善団体に寄付する意向だそうです」

驚いた。暴力団員の保釈金が、この種の用途に使われた例は聞いたことがない。

ちなみに、と佐方は裁判官を模して訊ねた。

「保釈金。裁判所はどれくらいを、設定されるおつもりですか」

少し間があって、向井は答えた。

「広域暴力団のナンバーツーですからね。一億くらいは必要かと」

佐方の頭に、木浦の顔が浮かんだ。

保釈金を慈善団体に寄付する案は、溝口の保釈を企む木浦の入れ知恵に違いない。

両親を早くに失い、祖父母に苦労して育てられた佐方は、毎年自分のボーナスから一部を児童施設に寄付していた。自分と同じような境遇の子供の未来が、少しでも拓(ひら)ける力になりたい、そう願ってのことだ。

児童施設に寄付していることを知っているのは、昔、佐方の部屋でたまたま受領書を目撃した木浦しかいない。

木浦は、佐方の泣きどころを突いて来た。

「どうしますか」

向井が問う。

佐方は窓の外に目をやった。

日没が早い真冬のこの時期、まだ午後五時前だというのに、街灯がともりはじめた。

薄暗い街に、柔らかな光が反射する。

——市民の命が危険に曝されるようなことは、絶対に看過できない。

木浦の声が脳裏に蘇(よみがえ)る。取引であれなんであれ、市民生活を脅かす暴力団抗争は、たしかに防ぐべきだ。

それに——と佐方は思った。

一億あればどれだけの子供が救われることだろう。

佐方は静かな声で言葉を紡いだ。

「しかるべく——お願いします」

※

机の上の書類を整理していた木浦は、けたたましく鳴る直通電話に動きを止めた。すぐさま受話器を取り上げる。

「はい、木浦です」

「私だ」

高検の上杉だった。

「溝口の釈放が決まった。すぐ、動いてくれ」

木浦は、よし、と叫びそうになる自分を抑えた。努めて冷静を保つ。

「承知しました」

それだけ言って電話を切ると、手帳を取り出し、携帯の番号を確認した。

広島北署の暴力団係、日岡秀一(ひおかしゅういち)巡査の番号だ。

溝口保釈の画策は、日岡がもたらした情報からはじまった。

あと一週間で年越しを迎えるという日、木浦のもとへ一本の電話が入った。日岡からだった。名前に覚えはなかった。所轄の刑事が、地検の検事になんの用があるのか。

木浦は訝りながら電話に出た。

「木浦検事ですか。忙しいところ、申し訳ありません。実はちょっと、込み入った話がありまして。検察の役に立つ話です」

言葉は丁寧だが、申し訳なさは感じられなかった。自分の話を聞くのは当然、という意識が言葉の端々に滲み出ている。

日岡の用件はこうだった。

仁正会の幹事長である瀧井組の瀧井銀次が、ある検事の逮捕案件となる情報を握っている。情報を教える代わりに、こちらの条件を呑んでほしい、というものだった。

検事の名は、八百坂一志――

木浦は息を呑んだ。八百坂は広島高検の公安部長で、現在、検察内部で最大の懸案となっている、いわくつきの人物だった。

検察が裏金を作っているという噂は、以前からあった。しかし、誰も真相を突き止めようとする者はいなかった。

タブーと思われた聖域に手を出したのが、八百坂だった。八百坂が近々、検察バッジを外すと同時に、裏金問題にかかわっている検察内部の実情を、自らの名前を出してテレビで告発するという情報が検察にも入っていた。八百坂はなにかと問題のある検事で、暴力団との癒着もかねて噂されていた。今回の告発は、人事への不満と元上司への私怨からはじまったことだと、検察内部では目されている。

いたのだ。

「噂の真実」へ情報を流したのが八百坂であることを、検察上層部は早くから摑んで

広島高検は、八百坂の動きを阻止しようと、懸命の説得を試みていた。万が一のときに備えて高検は、八百坂の引きネタを探すよう指示を出していた。

高検次席の上杉から木浦が呼び出しを受けたのは、日岡から電話があった前日だった。選ばれた理由はわからない。野心があり、口が堅く、独身で動きやすい若手検事――そんなリストから抽出されたのかもしれない。

日岡は、含みのある口吻で、取引を持ち掛けた。

「検察としては、どんな手段を使ってでも、八百坂の動きを封じたいところでしょう。八百坂の動きを封じる確実な方法は、本人を牢屋にぶち込むことです」

冬なのに、木浦の背中を汗が伝った。

この日岡という刑事は、いったいどこまで検察の情報を握っているのか。

最悪の場合、八百坂の逮捕は致し方なし、というのが上層部の見解だ。容疑はなんでもいい。検察としては、八百坂を逮捕できる情報は、咽喉から手が出るほど欲しい。

木浦は、口のなかに溜まった唾を吞み込み、日岡に訊ねた。

「――交換条件は」

日岡は低い声で答えた。

「仁正会理事長、溝口の保釈」

溝口が保釈されれば、仁正会の内部分裂は収まる。抗争事件を未然に、防ぐことができる、と日岡は言う。

「県警幹部は仁正会の内部分裂をあおって、この機に乗じて壊滅を試みる腹のようですが、そうなると、大規模な抗争勃発は必至です。ドンパチがはじまったら、市民の被害者が出るかもしれない。それだけは、どうしても避けなきゃァいけん、そう思わんですか」

それはそのとおりだ。が、県警の指針に逆らってまで釈放を進言する日岡の真意が、いまひとつ摑めなかった。第一、情報の出処がわからない。仁正会との関係も、だ。

木浦は率直に訊ねた。

「なぜ、所轄の巡査がそんな情報を握っている」

日岡は、かつての上司の名前をあげ、瀧井とのパイプを受け継いでいる、と答えた。

「今回、木浦さんに取引を持ちかけるよう言うたんは、尾谷組の備前です。木浦検事は話がわかる人じゃ、言うとりました」

尾谷組の幹部、備前芳樹とは、備前が起こした傷害事件を担当した縁で面識がある。否認事件だったが腹を割って話し、検面調書に納得ずくで押印させた覚えがあった。

それで、自分に白羽の矢が立ったのか。

木浦は日岡との電話を切ると、すぐに行動を起こした。

この案件は、地検の人間はおろか、他の誰にも知られてはいけない。外の公衆電話まで出かけ、上杉の直通に電話をかけた。

話を聞いた上杉は、すぐさま会議にかける、と返答した。承諾の返事があったのは、その日の深夜だった。

翌早朝に登庁し、溝口の公判担当検事を調べた木浦は、思わず笑みを漏らした。

佐方貞人——天の配剤だ、と木浦は感じた。

同期のなかでも最も気の合う仲間だ。が、頑固で、正義感の強い男でもある。

木浦は事情を明かし、その場で上杉に指示を仰いだ。

「その同期に因果を含め、早急に対処しろ。必ず、溝口を保釈させろ」

「もし、佐方が保釈を呑まなかった場合、どうなさるおつもりですか」

「その場合は、担当を外すまでだ」

上杉は冷徹な声で言い、最後に念を押した。

「このことは絶対、誰にも知られてはならん」

今度の異動は間違いなく、希望どおり大規模庁勤務になる。木浦は確信して電話を切った。

日岡から折り返しが入ったのは、携帯に電話して十分後のことだった。

「わしです」

相変わらずぶっきら棒な物言いだ。

木浦は用件だけ伝えた。

「溝口の保釈が決まった。すぐ、瀧井と繋いでくれ」

「わかりました」

感情のない声で日岡が言った。

「その前に――」

日岡に訊ねる。

「八百坂公安部長の逮捕案件はどんな容疑なのか、端的に教えてくれ」

少し考え、日岡は答えた。

「住宅用家屋証明書詐取ですよ」

経緯を淡々と説明する。

八百坂は、三年前に広島市内のマンションを競売で落札した。その後、区役所に転入届を出しているが、八百坂はそのマンションに居住していなかった。土地や建物を購入した場合、所有権保存登記や移転登記等をする。登記の際に登録免許税がかかるが、自治体が発行する住宅用家屋証明書を提出すると、税金を軽減することができる。

八百坂は、税金の納付を免れるために、住宅用家屋証明書を詐取したというのだ。

木浦は窓の外を見た。

日が暮れた街に、街灯がともっている。

八百坂公安部長が、マンション購入後に居住しなかった理由はわからない。だが、偽りの証明書を手にして、税金を軽減した事実は間違いない。確実に引致できる。これで、裏金の告発に終止符が打てる。

脳裏に佐方の顔が浮かんだ。

木浦は、天気を聞くような口調で訊ねた。

「日岡巡査。君の正義って、なんだい」

唐突な質問に、面食らったようだ。日岡が問い返す。

「なんですか、いきなり」

「理由はない。ちょっと訊いてみたかっただけだ」

わずかな沈黙のあと、日岡はつぶやいた。

「わしの正義ですか……そんなもん、ありゃァせんですよ」

ぷつりと電話が切れる。

木浦は受話器を置いた。

日岡の声を聞きながら、話し方が誰かに似ていると思っていた。電話を切ってから、ようやく気づいた。

佐方だ。

斜に構えた態度も、ぶっきら棒な口調も、そっくりだった。

似たもの同士——そんな言葉が、頭に浮かぶ。

ふたりが会うことがあったら、どんな顔をするのだろう。

街灯の淡い光を見つめながら、木浦はまだ見ぬ日岡と、見知った佐方の顔を重ね合わせた。

第四話　信義を守る

増田陽二は、読み終えた書類から顔をあげた。

窓の外を見る。

とけた雪が、路面に水たまりをつくっていた。やわらかい日差しがそこに反射し、光っている。

増田が勤務する米崎地検は、東北の主要都市——米崎市にある。東京から北へ、新幹線で二時間ほどのところだ。

今年は冬が長かった。そのぶん、春の到来はいつも以上に心が浮き立つ。いま着ているスーツは、四シーズン目になる。そろそろ新調しようか。

ぼんやりと考えていると、目の前に書類の束が置かれた。

隣に、女性の事務員が立っていた。

「刑事部からです」

そう伝え、事務員が部屋から出ていく。

大規模庁とされる米崎地検は、刑事部と公判部にわかれている。

刑事部は、警察から送致されてきた案件について、起訴か不起訴かを決める部署で、公判部はその名のとおり、裁判に出廷し、被告人に適当と見込まれる刑罰を要求するのが責務だ。

米崎地検の検事は、検事正含めて十五名。そのうち、公判部に所属している検事は、八名だ。

検事にはそれぞれ事務官がついている。事務官の仕事は、検事の補佐役だ。書類の整理から、雑務、調査、買い出しまでなんでもやる。仕事上の検事の女房役といえる。

増田は向かいの席に目をやった。

男が、一心不乱に書類を読み込んでいる。佐方貞人、増田が担当している検事だ。

佐方は任官して五年目の検事だ。四年前の春に、初任地である東京地検から米崎地検に配属されてきた。そのときから、増田はずっと佐方の事務官を務めている。

佐方と増田は、一昨年の春、刑事部から公判部へ異動になった。

公判部の検事は、公判に立ち会わない日はない。出廷は少ない日で一日に一件、多いときは四件にのぼる。

今日も午後から、公判が三件あった。どれも微罪で、容疑者も犯行を認めている。一件にかかる時間は、そう長くはないだろう。が、数が多い。すべての公判を終えて裁判所から戻るのは、おそらく終業時近くだ。

増田は、事務員が置いていった書類の山を眺めた。その隣には、前から溜まっている書類がある。

ついため息が出た。

未決の書類が、机からなくなることはない。やっと半分に減ったそばから、新たな案件が目の前にどっさり積まれる。そのたびに、これが仕事だ、と自分に言い聞かせるが、山と積まれた書類を見ていると、日によっては、かなり気が滅入る。

一方、佐方が弱音を漏らすことはない。どんなに多忙でも、黙々と職務をこなす。佐方には、仕事に対する強い熱意と、執念とも呼べる粘り強さがあった。激しい血気は、ときに上層部の怒りを買い、苦い思いをしたこともある。しかし増田は、罪をまっとうに裁かせようとする佐方に、敬意を抱いていた。

佐方が、手にしていた書類を閉じた。机の端に置き、すぐに、新しい書類を読みはじめる。

増田は椅子の上で、背筋を伸ばした。

佐方が頑張っているのだ。補佐役の自分が、弱音を吐いてどうする。

気合を入れなおし、増田も書類を読みはじめた。

集中していると、佐方から声をかけられた。

「増田さん、ちょっといいですか」

顔をあげる。机の向こうから、佐方がこちらを見ていた。

「なんでしょう」

佐方は手にしていた書類を、増田に差し出した。受け取る。昨日、佐方に申し送りをした案件の、一件記録だった。

「これが、どうかしましたか」

佐方は、短い髪を無造作に掻きあげた。

「ちょっと、気になるんですが」

増田から見て、これといって疑問がなかった案件だ。佐方はなにが気になるのか。

佐方から受け取った一件記録を捲りながら、増田は改めて事件を辿った。

事件が発生したのは、六日前の平成十二年三月二十九日。現場は大里町にある山林だ。

大里町は米崎市内の西に位置し、隣県との境目にある町だ。あたりには小山や林が多く、夏休みには昆虫採集の親子連れで賑わう。その時期以外は、静かな地区だ。

被害者は道塚須恵、八十五歳。

早朝、ジョギングをしていた男性が、山林で死んでいる須恵を発見した。時刻は六時半。男性は、その場から携帯で、警察に通報している。

須恵の身元は、本人が身に着けていた保護カードからすぐに判明した。

須恵の住居は、遺体発見現場から徒歩十分のところにあった。持ち家で、築五十年は過ぎている。

現場に駆けつけた警察の調べで、須恵の首に絞められたような赤い痣があることが判明した。その場で、殺人事件と断定し、警察はすぐに捜査網を張った。

――増田はページを捲る。

須恵の身内は、警察の調べですぐに割れた。

須恵は自宅に息子とふたりで暮らしていた。

息子の名前は道塚昌平、五十五歳。

夫の古屋実とは、四十年前――須恵が四十五歳のときに離婚している。

須恵の身内である両親と三歳上の兄は、すでに他界。自分が産んだ息子のほかに、身寄りはなかった。

警察は昌平から話を聞くために、須恵の自宅を訪ねた。が、昌平は不在で、行方もわからなかった。

昌平が見つかったのは、須恵の遺体発見から二時間後の八時半だった。大里町から五キロ離れた江南町の路上をふらふらと歩いているところを、パトロール中の警察官に職務質問された。

警官が、今朝がた遺体で発見された須恵の息子だと気付き、母親が他殺体で発見されたことを伝えると、昌平はその場で自分が殺したと自白した。警察は昌平を重要参考人として、その場で身柄を確保し、所轄へ連行した。

増田はさらにページを捲る。

警察のその後の調べで、須恵は五年前から認知症を患っていたことがわかった。

診断当初のランクはⅠ。わずかな記憶障害が見られるが日常生活に支障はなく、ひとりで暮らすことができていた。

ひとり暮らしが難しくなってきたのは、診断されてから一年後だった。ランクはⅡまで進み、道に迷ったり、レジでの支払いがスムーズにできなくなった。

東京で暮らしていた昌平が米崎に戻ったのは、Ⅱと診断されてから一年後——いまから三年前だ。このとき須恵は、食事や排泄がひとりでは困難な、Ⅲになっていた。

昌平は東京で、貨物の運送会社や宅配会社に勤めていた。

取り調べの刑事から、仕事をやめて地方で暮らすことに不安はなかったのか、と聞かれた昌平は、身体を使う仕事なら地方でも求人はあると思った、と供述している。

実際に昌平は、米崎に戻ってきてすぐに、宅配業者に勤務している。が、その仕事は三か月しか続かなかった。

昌平の供述によれば、勤務先でのトラブルが原因だという。

仕事を失った昌平は、必然的に母親の介護を担うばかりになった。

その後、昌平は母親を殺害するまで、働いていない。自宅でずっと、母親の介護をしている。

警察から殺害動機を聞かれた昌平は、すべてが嫌になったから、と答えている。その部分を読んだとき増田の頭に浮かんだ動機は、介護による疲弊だった。

親の介護は、近年、大きな社会問題になっていた。

昭和三十年代、日本人の平均寿命は六十余年だった。その後、医療の発達や生活水準の向上から、平均寿命は一気に延びて、いまは人生およそ八十年になっている。

平均寿命が延びるのは喜ばしいことだが、それに伴い、介護の問題が浮上した。

年を重ねれば、誰もが健康問題に直面する。

病を患った場合、多くは病院で治療を受ける。が、老いに伴う病態だと、自宅での療治となるケースが多い。

平均寿命が延びるとともに、介護が必要な者が増加した。その現状に、施設や医療従事者の体制は、まだ追いついていない。結果、身内を介護する親族が、罪を犯す事件が起きてしまっている。

佐方が、気になる、といった案件――道塚昌平の事件も、そういったもののひとつだろう。

昌平の一件記録に目をとおし終えた増田は、書類を佐方に戻した。

「この事件のどこが気になるんですか。私にはなにも疑問に思うところはないのですが」

佐方は受け取った書類を、手元で開いた。文字を目で追いながら答える。

「事件発生から、警察が道塚昌平の身柄を江南町で確保するまで、二時間が経っています」

警察の調べでは、殺害現場を離れた理由は、逃亡するためだった、とある。遺体を山林に隠したのも、事件発覚を少しでも遅らせ、そのあいだに逃げようとしたからだ。結果、身柄の確保まで二時間を要した。なんら引っかかるところはない。佐方はなにが気になるのか。

「その二時間が、なにか――」

増田が問う。

佐方は一件記録を机に置くと、腕を組んだ。

「道塚昌平が確保された江南町と、遺体発見現場の大里町の距離は五キロ。被疑者の供述によれば、移動手段は徒歩となっています」

増田は肯く。それも一件記録に記されている。

佐方は腕を組んだまま、増田を見た。

「被疑者は、現場から離れた理由を、逃亡のためといっています。ですが、発見された場所はすぐ近くの隣町です」

佐方は増田から視線を外すと、なにかを考えるように遠くを見やった。

「一般的に、大人が徒歩で一時間に歩く距離は、四・五キロ前後といわれています。少なくとも二時間あれば、およそ九キロは移動できる。しかし、被疑者は現場から五キロしか離れていない場所にいた。もっと遠くへ逃げられたはずなのに、どうして被疑者は近場にいたんでしょうか」

増田は肩から力が抜けた。佐方が言う気になることが、警察も地検の刑事部も、自分も見落としている重要なものかと思っていたからだ。

増田は言葉を選びながら、自分の考えを伝える。

「私が思うに、動揺していたからではないでしょうか」

佐方が増田を見る。増田は言葉を続けた。

「人を殺した——それも自分の親を、となった場合、ほとんどの人間が混乱すると思います。いつもなら、五分とかからずに辿り着ける場所でも、道を間違えて倍の時間がかかっても不思議はないと思いますが」

佐方は反論した。

「それは私も考えました。でもそれは逃亡する気がない場合です。逃げるつもりはなく、どうしていいかわからなくてうろうろしていた。それなら、わかります。でも今回は違う。被疑者ははっきりと、逃亡目的だったと供述しています」

佐方は腕を組んだまま、椅子の背にもたれた。

「そこが、どうしても腑に落ちないんです」

佐方が言うことにも一理ある。しかし、佐方が気になる部分は、被疑者のそのときの心理で、いかようにも理由がつく。事件の本質にかかわるところではないように思う。

それに——。

増田は、ある男の顔を思い浮かべた。

矢口史郎。米崎地検の刑事部に所属している検事だ。任官十二年目のシニア検事で、今年四十歳になる。去年、高知地検から米崎地検に配属されてきた。米崎地検で個別で事件を担当する検事では、年次が一番上だ。

この案件は、矢口から送られてきたものだった。

矢口が作成した昌平の公判引継書には、求刑懲役十年とあった。求刑の理由は、須恵の殺害動機は自分勝手なものであり、須恵を殺害したあと逃亡すら企てた。介護の苦労があったとしても情状酌量の余地はない、と見なしている。

刑事部が認定した情状や求刑に、公判部が異議を唱えるケースはほとんどない。そこに疑問を呈することは、案件をあげてきた検事の判断を疑うことになるからだ。そういった場合、地検内部で摩擦が生じる可能性がある。

矢口は検事としてのキャリアが長く、気難しいと評判の人物だった。

佐方は任官してまだ五年目だ。矢口からすれば、ひよっこだろう。その佐方が異議を唱えたとしたら、必ずひと悶着（もんちゃく）起きるはずだ。

増田は机の下で組んでいる手に、力を込めた。

佐方の腑に落ちない理由が、事件の根幹にかかわることであれば、どのような事情があっても異議を唱えるべきだと思う。が、今回はそうは思えない。証拠や事実の誤認といった、明らかに起訴に問題があるものではなく、佐方個人の違和感だ。被疑者が自白していることも踏まえて、この案件は起訴妥当だと思う。内部に軋轢（あつれき）が生じるようなことは避けるべきではないか。

「あの、佐方さん。この案件は——」

問題ないのではないでしょうか、そう言いかけたとき、佐方が椅子から立ち上がった。上から増田を見る。

「副部長のところにいってきます」

筒井義雄のことだ。米崎地検公判部の副部長で、佐方の直属の上司にあたる。佐方が刑事部のころからの上司で、佐方の異動と同時に公判部へ移った。

筒井は佐方に全面的に信頼を置いている。ときに無謀ともいえる佐方の行動を容認し、背中を押してきた。

罪をまっとうに裁かせる——佐方の信念は、筒井のものでもあった。

筒井は佐方の疑問を受け止めるはずだ。表向きは困った顔をしながらも、口角をあげる筒井の顔が目に浮かぶ。

増田は諦めのため息を吐いた。

佐方は自分がこうと決めたら、誰がなにをいっても引かない。とことんついていくしかないのだ。それが、佐方の担当事務官である自分の役目だ。

増田は椅子から立ち上がった。

「待ってください、佐方さん。私もご一緒します」

公判部の部屋を出ていく佐方のあとを、増田は追った。


米崎地検では、副部長以上の役職には個室が与えられている。

佐方は筒井の机の前に立ち、増田は佐方の後ろに控えていた。

道塚昌平の一件記録を読み終えた筒井は、書類を机の上に置いた。机に肘をつき、顔の前で手を組む。

「お前は、この空白の二時間が気にかかるんだな」

筒井は佐方に訊ねた。

佐方が肯く。

「理由は、申し上げたとおりです。この案件、私に調べさせてください」

増田は佐方の後ろから、筒井の顔色を窺った。難しい顔をしている。

筒井は硬い表情のまま言う。

「起訴案件であがってきた事件を再調査するとなると、あっちが騒ぐぞ」

あっち——事件担当の矢口検事のことだ。ひいては刑事部全体を指しているのだろう。

「あっちからすれば、喧嘩を売られるようなものだ。ともすれば検察内でのお前の立場も、俺の立場も悪くなる。場合によっては、米崎にいられなくなるかもしれん」

筒井はため息を吐き、椅子の背にもたれた。

「また心配が増える」

佐方が一歩前に出る。

「お言葉ですが、検察の事情など関係ありません。大切なのは、真実です。副部長には、できる限りご迷惑はおかけしません。お咎めなら、私ひとりが受けます。再捜査の許可をください」

筒井はむっとしたような顔で、佐方を見た。

「そんなことを言ってるんじゃない。部下の背中を押すのは、上司として当然だ」

増田は首を傾げた。では、いったい筒井はなにを心配しているのか。

筒井は自分の頭を、額から後頭部にかけて撫でた。

「このあいだ読んだ本に、ストレスが一番よくないと書いてあった。これでも気にしているんだ」

筒井の頭髪は、四十過ぎにしては、少し淋しかった。

頭髪の問題は、デリケートだ。この話題には触れず、早々に退室したほうがいい。

増田は佐方の上着の裾を、そっと引いた。

佐方が振り返る。

「どうしました。なにか急ぎの用事でも――」

増田は慌てて、人差し指を口に当てた。

佐方はやり手の検事だ。事件の本質を見抜く鋭い目を持っている。その一方、人の他愛もない心の機微には、疎いところがあった。

増田は恐る恐る、筒井を見た。

増田を睨んでいた。

背中に汗が噴き出る。

増田は佐方の腕を、強く引いた。

「用は済みました。副部長もお忙しいでしょうから、私たちはそろそろ――」

増田は佐方を連れて、ドアに向かう。その背を、筒井が引きとめた。

「ひとつだけ言っておく」

佐方が振り返る。

「なんでしょう」

筒井は真顔で、佐方に噛んで含めるように言う。

「やるからには、しっかりやれ。中途半端な真似はするな」

真剣な口調に、増田の身が引き締まる。

佐方は、力強く答えた。

「承知しました」

「わかればいい、行け」

筒井が作業に戻る。

増田と佐方は、筒井に深々と頭を下げて部屋をあとにした。


道塚昌平を見た増田は、この男は年齢詐称をしているのではないか、と思った。

一件記録によると、現在五十五歳だが、取調室の椅子に座る男は、六十半ばといわれても肯けた。

ひどく痩せているせいか、目の下は落ちくぼみ、首に皺が目立つ。中途半端に伸びた髪は、ほとんどが白髪だった。厚手のシャツは染みで汚れ、グレーのズボンは膝が出ている。身だしなみなど、どうでもいいのだろう。なにより、目に生気がなかった。

窓を背にして昌平が座っている机の真向かいに、もうひとつ机がある。そこには佐方が座っていた。増田は佐方の横の席にいる。

佐方は、昌平に問うた。

「道塚昌平さん、ですね」

昌平は項垂(うなだ)れていた頭を、さらに下げた。

佐方は穏やかな声で、昌平に指示を与える。

「自分の言葉で答えてください」

昌平は顔をあげて佐方を見ると、消え入りそうな声で、はい、と答えた。

佐方は手にしていた一件記録を開いた。

昌平の生年月日や出身地、経歴といった基本情報を確認する。

昭和二十年、米崎県生まれ。地元の高校を卒業後、米崎市内の食品工場に勤務。三十五歳のときに勤務先の工場が食中毒事件を起こし、それが原因で三年後に倒産。その後、米崎市で職を転々としていたが、四十一歳のときに上京する。理由は、東京で仕事をするほうが、収入がいいからとのことだった。

東京では運送会社や宅配会社に勤務。収入の一部を、母親に仕送りしていた。

「ここまでは、間違いありませんか」

佐方が訊ねる。

「はい」

昌平は、短く答えた。

佐方は取り調べを進める。

昌平が、須恵本人から電話で認知症だと聞かされたのは、五年前だった。

須恵は風邪をひき、近くの医院を受診した。そのときに医師から、認知症の疑いがある、専門のところで調べたほうがいいと言われた。紹介された病院で診察をうけたところ、初期の認知症だと診断された。

「母親が初期の認知症だと知ったとき、あなたはどう思われましたか」

佐方の質問に、昌平は訥々と答える。

「心配だなって」

「その気持ちを、須恵さんに伝えましたか」

「はい」

「そのとき須恵さんは、なんと言いましたか」

「認知症なんて大げさだって。少し物忘れがあるだけだから大丈夫だって。様子を見に行くと言いましたが、病院から薬ももらってるし、心配ないと言われました」

「須恵さんの言葉を聞いて、あなたはどう思いましたか」

昌平は悔いるような顔をした。

「母親の言葉をそのまま信じました。電話で話している母親は、普段と変わらなかったし、薬も飲んでいるのだから大丈夫だ、そう思いました」

佐方は書類を捲る。

「たしかにそれから二年間は、大丈夫だった。しかし、認知症は少しずつ進行していた。そうですね」

昌平は佐方の話を引き継いだ。

「症状が一気に悪くなったのは、ランクがⅡと言われたあとでした。そのころ、母親は道に迷うことが多くなり、一度出かけると、家に戻るまでかなりの時間がかかっていました。その日も、かなりの距離を歩いて足が疲れていたのでしょう。道端の段差で転んで、骨盤を骨折してしまいました。すぐに救急車で近くの病院に搬送されましたが、場所が悪かったうえに、歳で骨がなかなかくっつかなくて、三か月の入院をしました。それが、よくなかったようです」

怪我や入院を機に、高齢者の認知症が進行するケースはめずらしくない。安静を強いられ、体力が衰える。それに伴い、知的能力が低下する場合があるからだ。須恵もそのケースだったのだろう。

退院はしたが、須恵は自分の身の回りのことができなくなっていた。食事もひとりでは、まともにとれない。そんな母親を見て、昌平は地元へ帰る決断をする。

「地元に戻ったあなたは、米崎市内のコウノトリ便という、宅配会社に勤めた。しかし、三か月で辞めていますね。どうしてですか」

昌平は速やかに答える。

「社内のトラブルです」

警察が調べたとおりだ。

佐方は質問を変えた。

「警察の調べによると、そのころ須恵さんは深水デイサービスを利用していましたね」

米崎市内にある、介護老人施設の関連サービスだ。

「平成九年九月から、須恵さんを深水デイサービスに通わせている。でも、三か月でやめてしまった。なぜですか」

昌平はどう答えていいか、迷っているようだった。

佐方は続けて訊ねる。

「あなたが、勤めていたコウノトリ便を辞めたのも同じころです。なにか関係があったのですか」

やがて昌平は、ぼそぼそと答えた。

「デイサービスは、お金がかかります。次の仕事が見つかるまでのあいだ、私が母親を看ようと思いました」

佐方は質問を前に戻した。

「コウノトリ便を辞めた理由は社内のトラブルとのことですが、もう少し具体的に話してもらえますか。どんなトラブルがあったんですか」

またも、昌平は黙った。

佐方はじっと昌平を見ている。

ようやく、昌平が口を開いた。

「つまらなくなったからです」

「つまらない？」

佐方が聞き返した。

昌平は、小さく首を折った。

「そうです。東京に比べると、地方の給料は安かった。働いても働いても、大した額にはならない。それに、勤務先の従業員ともうまくいかなかった。若い人たちとは話が合わない。結婚していないから家庭の話題もない。子供の話なんてわからない。この歳で途中から入った私には、居場所がなかった。そんな職場が、つまらなくなって辞めました」

「失礼ですが、あなたの年齢で再就職は厳しい。それは承知のうえだったのですか」

「はい」

昌平は短く答える。

増田は小さな怒りを覚えた。

昌平が母親を殺めた動機は、介護による疲弊だ。そしてもうひとつ、金銭の困窮がある。警察の取り調べで、須恵と昌平には、明日、食べ物を買う金すらなかったとわかっている。身柄拘束時に、昌平が所持していた金は、三百二十円だった。

介護の負担がいかに大きいかは、増田も少なからず知っている。肉体的にも精神的にも、辛かったことは想像に難くない。が、昌平が職場への不満に耐えて仕事を続けていれば、最悪のケースは防げたように思う。

デイサービスの件もそうだ。利用し続けていれば、昌平の負担は確実に少なかったはずだ。今回の悲劇の根幹は、昌平の身勝手さなのではないか。

増田は目の端で佐方を見た。佐方は無表情だった。昌平の返答を、どのように受け止めているのか、窺うことはできない。

佐方は取り調べを進める。

「次の仕事が見つかるまでのあいだ——そうあなたは言いましたが、あなたは働かなかった。なぜですか」

昌平は項垂れたまま、佐方をちらりと見た。

「面倒になったからです。一度、楽をしたら、働くのが面倒になりました」

人は易きに流れる、との言葉を耳にしたことがある。昌平はその典型だ、と増田は思った。

「あなたが働かなくなったあと、ふたりの生活費は、どこから捻出していたのですか」

「母の年金です」

昌平は当然のことのように言う。

「須恵さんが受給していた年金は、いくらでしたか」

「二か月で十二万円ほどです」

須恵は、持ち家に住んでいた。賃貸ではないから、家賃はかからない。月々の光熱費や食費など、自分ひとりなら倹しいながらも暮らしていけたはずだ。しかし、ふたりとなると難しい。そして、困窮を極めた。

「須恵さんは、あなたが自分の年金で暮らしていることを、理解していたでしょうか」

昌平は、いいえ、と答えたあと、ぼそりとつぶやいた。

「よかったんじゃないでしょうか」

いったいなにがよかったのか。

増田と同じ疑問を、佐方も抱いたようだ。昌平に問う。

「なにがよかったんですか」

昌平は俯いた。

「母が、なにもわからなくなったことです」

増田は自分でも、厳しい顔つきになるのがわかった。自分の親が認知症になってよかったと思う気持ちがわからない。

「そう思う理由は」

昌平は再び顔をあげると、逆に佐方に訊ねた。

「検事さんは、世の中には知らないほうが幸せなことがあると思いませんか」

質問の意図を考えているのだろうか。佐方は少しあいだを置いて答えた。

「私の仕事は、真実を突き止めることです」

昌平は、言葉を続ける。

「おふくろは、息子が仕事を辞めたことも、その息子が親の年金に縋って生きていることも、わからなくなっていた。おふくろの頭がしっかりしていたら、こんな情けない息子を持ったことを嘆いていたでしょう」

昌平は深く項垂れた。

「おふくろは、なにも知らずに逝った。息子に殺されたことも——」

骨ばっている肩が、わずかに揺れた。顔は見えない。涙を堪えているようにも見えるし、笑っているようにも見える。

佐方は一件記録を捲る。

「警察の取り調べであなたは殺害の動機を、すべてが嫌になったから、と供述していますね。もうひとつ、金銭的な理由もあげています」

佐方は昌平を見た。

「あなたは、国の制度に生活保護というものがあるのを、知っていましたか」

昌平は肯く。

「知っていました」

「その制度を利用しようとは思わなかったのですか」

殺害動機のひとつが、金銭的な困窮だったと知ったとき、増田も思ったことだった。

昌平が働くべきだった、という前提を横に置いたとしても、生活保護の支給が受けられれば、ここまで暮らしは逼迫しなかったはずだ。

自治体で多少の違いはあるが、生活保護の支給額は、月に八万円前後の金と住居費だ。ふたりが支給対象となれば、暮らしていけたはずだ。

佐方の問いに、昌平は言葉少なに答えた。

「生活保護って、財産がひとつもない状態でないと受けられないんです。車とか、家とか持っていると、貰えないんです」

佐方は書類のあるページを開いた。

「須恵さんとあなたが暮らしていた家は、持ち家ですね。土地と建物の名義は誰ですか」

「おふくろです」

「家と土地を処分しようとは思わなかったんですか」

長い沈黙があった。やがて、昌平は顔をあげると、遠くを見やった。

「思いませんでした。おふくろが死んだら——そのときはおふくろを殺そうとは思っていませんでしたが、いずれ自分のものになる。住む場所さえあればなんとか生きていける、そう思いましたから」

自分が楽をして生きるために、母親に辛い生活を強いた。その結果、母親を殺害するに至った。

増田のなかで、事件の印象が変わった。

一件記録を読んだときは、自分を産んでくれた母親を献身的に介護した果ての事件だと思った。が、実際に昌平を取り調べて受けた印象では、昌平の身勝手さが招いた事件に思えた。昌平の非情さに、胸やけのような気分の悪さを覚える。

「質問を変えます」

佐方は、淡々と、取り調べを続ける。

「あなたが江南町で警察に身柄を拘束されたのは、遺体発見から二時間後です。現場から離れた理由は、逃亡のためだった。間違いありませんね」

昌平が答える。

「ええ、そのとおりです」

「大里町から江南町までおよそ五キロ。二時間あれば、もっと遠くへ逃げられたはずです」

佐方は昌平の目を見据えた。

「どうして、そうしなかったのですか」

昌平の目が変わった。どんよりとしていた眼差(まなざ)しが、鋭くなる。

いままで会話のようだった佐方の口調が、詰問のそれになる。

「逃げようと思ったら、本能的に少しでも遠くへ行こうと思うはずです。でも、あなたはそうしなかった。なぜですか」

問いつめる。

昌平は言い淀(よど)んでいたが、やがて小さな声で答えた。

「ひどく、困惑していて」

佐方は手早く書類のページを開いた。あるページで止める。さらに踏み込んだ質問をした。

「ここにあなたの供述として、須恵さんを殺そうと思って外へ連れ出した、と記されています。計画的な犯行ならば、ひどく困惑するという理論は成り立たないと思うのですが」

昌平はなにかをかなぐり捨てるように、首を横に振った。

「頭で考えていたのと、実際に殺すのとでは加減が違っていて……それでうろたえてしまって……気づいたら、隣町にいました」

佐方は独り言のようにつぶやく。

「あなたは逃げようとする明確な意思がありながら、たった五キロしか離れていないところをうろうろしていた」

佐方は鋭い目で、昌平を見た。

「客観的に聞いて、人間の行動原理として無理がある、そう思いませんか」

昌平の額に、汗が浮かんだ。

「いいえ、本当に、怖くて……」

「あなたが警察に捕まったのは、江南町にある江南陸上競技場のそばです。ここは、町の繁華街から離れているが、目の前に国道があり人目がある。地元で育ったあなたなら、人があまり通らない道も知っていたはずだ。どうして、人目につく場所にいたんですか」

　昌平は同じ答えを繰り返す。

「ですから、気が動転してしまって……自分でもよくわかりません」

　佐方は昌平の目を、まっすぐに見据えた。

「あなたは、本当に逃亡しようとしていたのですか」

　昌平の息が荒くなる。昌平は項垂れていた顔をあげた。

「気分が悪いので、今日の取り調べは終わりにしてもらえませんか」

　たしかに顔色が悪い。汗もひどくなっている。

　佐方が増田を見た。指示を出す。

「増田さん、すぐに医務室に連絡してください。今日の取り調べは終わりです」

　増田は席を立ち、壁にある内線電話を取った。医務室へ連絡をとり、事情を伝える。すぐに看護師がくるという。

　その旨を、増田は佐方に伝えた。

　佐方が昌平に声をかける。

「すぐに看護師がきます。大丈夫ですよ」

　昌平はなにも言わず、項垂れているだけだった。

増田は路肩に車を駐めると、エンジンを切った。車を降りて、あたりを眺める。

「このあたりのはずですが……」

佐方が手にしていた手帳を開き、そばにある電柱の住所表記を見やった。

「大里町浅川二丁目。ええ、この近くです」

ふたりは、昌平の実家を捜しにきた。佐方が見たいと望んだからだ。

昨日、取り調べ中に具合が悪くなった昌平は、医務室で一時間ほど休み、米崎県警の留置場へ戻っていった。脈も正常で、血圧の異常も見られない。地検を出ていくときに、増田も確認したが、悪かった顔色も戻っていた。

検事室に戻りそのことを報告すると、佐方は安心したように息を吐き、増田に言った。

「明日、ふたりが住んでいた家を見に行きたいのですが、一緒に行ってもらえますか」

佐方がそう言うだろうことは、わかっていた。佐方は納得するまで、事件を調べる。

正直、増田は、この案件は調べる必要はないと改めて感じていた。

佐方の取り調べで、昌平が身勝手な人間であることがわかった。矢口の求刑十年は、妥当だと思う。が、検察事務官は、担当検事が右と言えば、左と思っても右に行く。

「承知しました」

増田は佐方に向かって、肯いた。

今日の午前中、ふたつの案件の公判に立ち会い昼食を終えると、増田と佐方は地検を出た。

道塚親子が暮らしていた大里町は、米崎市の中心部から車で三十分ほどのところにある。古くからある町で、これといった観光施設はない。普段はのどかで静かな町だ。

道を歩いていた佐方は、ある家の前で足を止めた。

「ここですね」

家の玄関の横にある住居表示と、手帳に控えてきた昌平の家の住所を照らし合わせる。間違いない。ここが道塚親子の家だ。

道塚親子の家は、大里町の外れにあった。田圃(たんぼ)や畑が多く、家から家までが離れている。

道塚親子の家は、平屋だった。

外観から、なかは狭いとわかる。おそらく、台所と水回りのほかは、六畳か八畳の部屋がふたつ——もしくはそれより狭い部屋がみっつあるくらいだろう。瓦(かわら)屋根はすっかり色が褪(あ)せ、壁も長年の雨風で傷んでいた。

建坪と同じくらいの庭があるが、そう呼ぶには抵抗があった。かつては庭木だったと思しき樹木は枯れ、地面にはいつから置かれているのかわからない、中身が入ったゴミ袋があった。

佐方は玄関のチャイムを押した。

当然だが、誰も出てはこない。

佐方は、家の横へ回った。ついていく。朽ちた縁台があり、人が出入りできる掃き出し窓があった。窓には、カーテンが引かれている。

佐方が、カーテンのわずかな隙間から、なかを覗いた。後ろにいる増田を振り返り、難しい顔をする。

「見てください」

佐方がその場を退く。増田は汚れているガラス越しに、なかを覗いた。

茶の間と思われる部屋のなかは、家の外に劣らず荒れていた。テーブルには、茶碗や箸が乱雑に置かれている。畳のうえには、丸まった紙や、ミカンの皮、衣類が散乱していた。

壁には、なにかわからない染みと、去年の五月から捲られていないカレンダーがかかっていた。その横に、雑誌の切り抜きのようなものが貼られている。女性の絵のようだ。遠目にも青い衣装を着ているのがわかる。

増田は窓から顔を離し、振り返った。佐方はいなかった。どこへ行ったのだろう。

増田は佐方を捜した。

「佐方さん、どこですか」

声に出してみるが、返事はない。家を一周したが、いなかった。

なにかしらの理由で、車に戻ったのだろうか。

増田は一度車に戻ろうと、家の敷地を出た。そこで、道の先から歩いてくる佐方を見つけた。車を駐めているほうとは逆からやってくる。

増田は佐方へ駆け寄った。

「どこへ行ってたんですか。捜しましたよ」

佐方は申し訳なさそうに、頭を搔いた。

「すみません。家の近くを調べていたらつい夢中になって、気づいたらけっこう離れていました。それより増田さん」

佐方は改まった態度で、増田を見た。

「この家のまわりをみて、疑問に思いませんか」

「まわり――ですか」

増田は道塚親子の家の周辺を、ぐるりと眺めた。春の日差しに包まれた、穏やかな町があるだけだ。なにが疑問なのか。

佐方も、増田と同じようにあたりを見た。

「私はいま、近所を歩いてきましたが、この家は、四方を田圃か畑、空き地に囲まれていて、隣の民家までは距離があります。大きな音を立てても、誰も気がつかないでしょう。なぜ、被疑者は、須恵さんを自宅で殺害しなかったんでしょうか」

言われてみればそうだ。

民家が密集していた場合、言い争う声が聞こえたとか、なにかしらの異変を感じ、近隣の住人が警察に通報するかもしれない。が、この家には、その心配がない。むしろ、いくら人目が少ない山際とはいえ、外で殺すほうが誰かに気づかれる可能性が高い。

遺体もそうだ。須恵と昌平はふたり暮らしだ。ほかに身内はいない。家を訪ねてくるような、親しい人間もいない。遺体が腐敗し、異臭に誰かが気づくまで、時間がかかるだろう。逃亡するなら、外ではなく自宅で殺害したほうが、時間が稼げる。昌平はなぜそうしなかったのか。

佐方は独り言のように、つぶやいた。

「ましてや、老いた母親を徒歩十分とはいえ、殺害現場まで連れて行くには労力がかかる。どうして被疑者は、敢えてそんな面倒なことをしたのか」

増田は理由を考えた。

「家のなかで殺害すると、室内が汚れると思ったんでしょうか。でも、あの部屋の荒れた様子からは、部屋が汚れるという感覚を持っているとは思えませんね。ましてや、本人は、殺害後逃走しようとしていたと言っています。もう家に帰らないと考えた場合、部屋が汚れようが関係ありませんよね」

佐方が言葉を引き継ぐ。

「被疑者は須恵さんを、手で首を絞めて殺害しています。いくら相手が高齢者であっても、かなりの力が必要でしょう。家のなかなら、紐やコードといった、もっと楽に殺害できる道具はあったはずです」

佐方は視線を斜に流した。

「なぜ被疑者は、家で殺害しなかったのか。それに――」

佐方には、ほかにも気になることがあるらしい。

「いま、この家の周辺を調べていたら、近所の人らしき女性に会ったので、須恵さんと被疑者について聞いたんです。須恵さんは、認知症になるまでは町内会の集まりに顔を出したり、近所付き合いがありましたが、認知症がひどくなってからは、会合に顔を出すこともなくなったそうです。姿を見るのは、近所をふらふらと徘徊しているときだけでした」

「被疑者の日頃の様子は、どうだったんでしょう」

「そこなんです」

佐方の声に、力が籠った。

「その女性は、あの優しい息子さんが母親を殺害するなんて信じられない、と言っていました」

女性が言うには、東京から戻ってきた昌平は、須恵とふたりで近所に引っ越しの挨拶に回った。高齢の母親をひとりにしておくのが心配で戻ってきた、とそのとき昌平は語ったという。女性が昌平にもった印象は、礼儀正しく親思いの息子、といったものだった。

「実際、被疑者がスーパーで食材を購入している姿や、足元がおぼつかない母親を支えながら、散歩をしていた光景も見ています。あの穏やかそうな息子さんに、いったいなにがあったんでしょう、そう女性は言っていました」

佐方は、腕を組んだ。

「被疑者になにがあったのか。私もそれが知りたいんです。それを突き止めなければ、この案件の真実には辿り着けない、そう思います」

佐方は腕を解くと、増田を見た。気合が入った声で言う。

「コウノトリ便に行きましょう」

米崎に戻ってきた昌平が、三か月間だけ勤務した会社だ。

「被疑者のことを、もう少し調べたいんです」

増田は肯いた。

「行きましょう」

昌平がかつて勤めていたコウノトリ便は、全国規模の宅配業者だ。米崎県内すべての市町村に営業所があり、昌平はなかでも一番大きな米崎営業所に勤めていた。

米崎営業所の駐車場に車を駐めた増田は、腕時計を見た。

午後三時二十分。約束の時間は三時半だった。間に合ったことにほっとする。

佐方がコウノトリ便に行くと決めたあと、増田はすぐに米崎営業所へ携帯から電話を入れた。代表電話に出た女性に、三年前に勤めていた道塚昌平を知る人物に会いたい、と伝えると、保留のあとに男性が電話に出た。名前は尾形徹(おがたとおる)。昌平が勤めていた当時、副所長だったという。いまは所長に昇格していた。

増田が事情を説明し、昌平に関する話を聞きたいと伝えると、尾形は少しの間のあと引き受けた。

須恵と昌平の自宅から米崎営業所までは、車でおよそ二十分かかる。スムーズにいけば三時には着けるが、増田は三十分の余裕をもって、約束を取りつけた。なにかあったときのためを想定してのことだった。

案の定、途中で事故による車線規制に出くわした。三時で約束をしていたら、二十分の遅刻だった。

米崎営業所には、出入口がふたつあった。来客用と関係者用だ。来客用は表に、関係者用は裏にある。電話で、関係者用の入口から入って二階の事務所へあがってきてほしい、と言われていた。ふたりは時間になると、車から降りて事務所へ向かった。

荷の積み下ろしをしているトラックの脇をとおり、裏口から入る。階段を上がり、上半分が擦りガラスのドアをノックして開けた。

なかは広く、入ってすぐに、受付用の事務机があった。女性がいる。増田は女性に声をかけた。

「すみません。さきほど電話した米崎地検の者ですが」

女性が着ている事務服の胸元に、ネームプレートがあった。田部順子(たべじゅんこ)とある。正社員なら、あと数年で定年退職といった年齢だろうか。事務服が板についている。

地検の人間がものめずらしいのか、田部はそわそわした様子で、椅子から立ち上がった。

「お待ちしてました。こちらへどうぞ」

田部はふたりを、部屋の奥へ通した。

奥のスペースには、応接セットと、大きめの机があった。男性が座っている。田部は男性に声をかけた。

「所長、米崎地検の方です」

男性は席を立ち、ふたりの前にやってきた。青い作業着の胸元から名刺入れを取り出した。中身を抜いて増田と佐方に手渡す。

「所長の尾形徹です。どうぞ、お座りください」

佐方と増田は、勧められるまま、応接セットのソファに座った。

田部が三人の前に茶を置き受付に戻ると、佐方は本題に入った。

「こちらに伺った理由は、電話でお伝えした道塚昌平さんのことです。彼が起こした事件のことはご存じでしたか」

尾形は眉間に皺を寄せた。

「ええ、事件があった日に、ニュースで知りました」

「彼について話を聞きたいのですが」

尾形は黙り込んだ。気が重いらしい。

佐方は話を続ける。

「道塚さんは、三年前にこちらに勤務していたと話していますが、間違いありませんか」

尾形は肯いた。

「間違いありません。ここに勤めてましたよ。短かったけどね」

佐方は上着の内ポケットから、手帳を取り出した。あるページを開く。

「平成九年の九月から約三か月間、ですね」

佐方は尾形を見た。

「あなたから見て、道塚さんはどんな人物でしたか」

尾形は少し考えてから答えた。

「真面目——いや、生真面目かな」

尾形の話によると、昌平は遅刻や無断欠勤をしたことは一度もなく、仕事で手を抜くこともなかったという。

「いま思えば、おふくろさんのことで大変だったんだろうに。話してくれたら、相談に乗ったんだがなあ」

尾形は詫びるように下を向いた。

佐方が話を続ける。

「道塚さんがここを辞めた理由は、職場でのトラブルのようですが——」

話の途中で、尾形は驚いたように顔をあげた。

「トラブル？」

佐方は肯いた。

「給料が安く、職場の人間とも話が合わない。つまらなくなって辞めた、そう言っています」

尾形は首を振った。

「違います」

「そのようなトラブルはなかった、とおっしゃるんですか？」

尾形は佐方を見た。視線に迷いはない。

「ありません。むしろ逆です」

尾形がいうには、道塚はほかの社員よりも雇用条件はよく、職場の人間関係も良好だったという。

「本当なら二か月間の見習い期間があるんですが、勤勉だし人柄もいいから、特別にひと月で正規雇用したんです。道塚さん、すごく喜んでね。歳も歳だし、地元に戻ってきてすぐ正社員で働けるなんてありがたいって、何度も頭を下げてね。私がいうのもなんだが、ほかの中小企業より給料はいいし、手当も厚い。それに――」

なにかに気づいたように、尾形は受付にいる田部を呼んだ。

「田部さん、ちょっと」

書類にペンを走らせてはいたが、話が気になっていたのだろう。田部は下に向けていた顔をすぐにあげ、椅子ごとこちらを振り返った。

「なんですか」

尾形は、首を伸ばして訊ねた。

「田部さんさあ、社員の雇用記録を管理してるだろう。道塚さんのもあるはずだよな」

田部は即答した。

「ええ、ありますよ。すぐ辞めましたけど」

尾形は、懐かしむように言う。

「たった三か月いただけなのに、送別会してもらったんだよな。あんときゃ羨ましかったよ。俺なんか三十年以上勤めてるけど、辞めるとき開いてもらえる自信ないもんな」

田部は、本音とも慰めとも取れる言葉を返す。

「あの人が特別なんですよ。私もここ長いけれど、覚えてる従業員なんてわずかですからね」

佐方は尾形に訊ねた。

「あの方は？」

尾形は佐方に視線を戻した。

「ここで私の次に長い人でしてね。もう二十年以上勤めてます。従業員に関しては、私より詳しいですよ」

「ちょっと、お話を伺ってもいいでしょうか」

佐方の頼みを、尾形はふたつ返事で了承した。

「もちろんです」

尾形は田部を手招きした。

「田部さん、ちょっとこっちに来てくれないかな。検事さんたちが話を聞きたいってさ」

田部はいそいそとやってくると、尾形の横に腰を下ろした。

佐方は田部に訊ねた。

「田部さんは社員の雇用記録を管理していらっしゃるとのことですが、道塚昌平さんのものがあるのは確かですか」

田部は肯いた。

「書類の保存期間は十年です。それを過ぎたものは処分するけれど、道塚さんが勤めていたのは三年前でしょう。たぶんありますす」

「それを見せてもらえませんか」

「ちょっと待ってください」

田部はファイルが並んでいるラックから一冊抜き出すと、ソファへ戻ってきた。膝のうえでぱらぱらと開く。やがて、あるページで手を止めて、佐方に差し出した。

「これです」

佐方がファイルを受け取る。増田は佐方の手元を、横から覗きこんだ。

数ページにわたり、昌平に関する書類が綴られている。昌平が提出した履歴書と雇用契約書、給与振込先の届出書などだ。雇用期間は、平成九年九月二日から同年十二月二十五日までとなっている。履歴書に記載されている学歴や経歴も、警察から上がってきた調書どおりだった。

「詐称はないようですね」

増田はつぶやいた。佐方が肯く。

佐方は昌平のページを開いたままファイルをテーブルに置き、田部に訊ねた。

「田部さんはここに勤務して長いようですが、覚えている従業員はわずかだとおっしゃいましたね。あなたからみて道塚さんは、どんな人でしたか」

「そうねえ」

田部は少し考えた。

「私も仕事柄、いろんな人を見てますよ。仕事ができる人、真面目な人はたくさんいます。でも、気遣いができる人って、そうそういないんですよね」

「道塚さんは、そういう人だったということですか」

田部は、また少し考えた。

「気遣いというか——すごく優しかったですね。落ち込んでると、いつのまにか側にいるんです。かといってなにをするわけでもないんですよ。他愛もない話をしているだけなんだけど、道塚さんと話していると気持ちが落ち着くんです。おせっかいもせず、無関心でもない。ただそこにいるだけ。優しい距離感っていうのかな。それを、知っている人でしたね」

「そうだな」

尾形が横から口を挟んだ。

「俺も前に、仕事で取引先と揉めたことがあってさ。どう考えたってあっちの落ち度なんだけど、丸く収めるためにこっちが頭を下げたんだ。すごくむしゃくしゃして外で煙草吸ってたら、道塚さんがやってきて、寒いですね、っていうから、そうだな、なんて立ち話して。そのうち話の流れで、取引先と揉めたって話をしたら、道塚さんぼそっと、生きてるといろんなことがありますよね、ってつぶやいてね。なんてことない言葉なんだけど、道塚さんが言うと、妙に心に沁みてさ」

「そうそう」

田部が首を縦に振る。

「さっちゃんも、同じことを言ってましたね。私と同じ事務員なんですけど、大学生の息子さんが就職の内定が決まらなくて悩んでたんですよ。そのことを道塚さんに話したら、世の中にはたくさん会社があります、大丈夫ですよ、って言われたんだって。その言葉で勇気が出たって言ってました」

増田はふたりの思い出話と、取り調べでの昌平の供述を照らし合わせた。

昌平は職場の人間と話が合わなかったと言っている。それが本当ならば、表面上話を合わせていただけだったということになる。

佐方も同じことを考えたのだろう。尾形と田部に問う。

「道塚さんは、職場がつまらなかった、と言っています。そのような様子はありませんでしたか」

強く否定したのは田部だった。

「そんなことありません」

佐方は田部を見た。

「どうして、そう言い切れるんですか」

田部は佐方のほうに身を乗り出した。

「私は、会社と社員の窓口も担当してます。定期的に社員と面接して、会社への要望や職場に対する不満などを聞いてるんですよ。もちろん、道塚さんとも話しています。

でも、給料に関しても職場に対しても、不満なんて言ってませんでした」

「言えなかった、ということはありませんか」

佐方が畳みかける。

田部は頑として首を横に振った。

「不満どころか、ここで長く働きたいって言ってました」

隣で尾形が肯く。

「たしかに、よくそう言ってたな」

応援を得た田部が、さらに強く出る。

「周りの人と話が合わなかったこともありません。むしろ、さっきお話ししたとおり、自分からほかの社員と関わろうとしていました。ここを辞めたいって言いに来たときもすごく辛そうで、私が理由を聞いても頭を下げるばかりで――」

威勢がよかった田部の声が、弱くなる。重い息を吐き、つぶやいた。

「いまにして思えば、お母さんのことが辞めた理由だったんでしょうね。まさか、あんな事件を起こすなんて――」

田部が俯く。

部屋は重い空気に包まれた。

尾形は、懺悔とも言い訳ともとれる言葉を口にした。

「さっき私は、おふくろさんのことを話してくれたら相談に乗ったのに、って言いましたが、聞いたところでなにもできなかったかもしれません。こっちも仕事を回さなきゃいかんし、ひとりの従業員だけ特別扱いはできんし――」

尾形の言葉に増田は、世の中は人情と事情の板挟みだ、と思った。人情だけでは成り立たず、事情だけではやるせない。多くの者が尾形のように、ふたつの狭間で苦しんでいるのではないだろうか。

尾形が壁にかかっている時計をちらりと見た。増田も見る。

四時半。尾形からもらった時間は、三時半から一時間だった。

佐方が、開いたまま机に置いていたファイルを閉じた。田部に返す。

「大変参考になりました。ありがとうございました」

佐方は時間を取らせた詫びを言い、席を立った。

事務所から外に出ると、見送りに出てきた尾形が心配そうにつぶやいた。

「道塚さん、どうなるんでしょうか」

佐方はなにも言わない。尾形に向かって、丁寧に頭を下げただけだった。

地検に向かう車のなかで、佐方は無言だった。フロントガラスの前方を黙って見つめている。

沈黙が気まずくなり、増田は佐方に話しかけた。

「被疑者が供述している本人像と、コウノトリ便の人たちが思っている人間像が、ずいぶん違いますね」

佐方は少しの間のあと、増田に言葉を返した。

「週明けの月曜日は、午後に一件、担当の公判がありましたね」

増田は自分の記憶を辿った。

今日は金曜日だ。週末を挟み、月曜日の欄を思い出す。

増田は答えた。

「はい、業務上過失致死傷罪の案件です。午後一時からです」

「その日の午前中に、深水デイサービスに行きたいのですが、施設に連絡をとってくれますか」

昌平の母親、須恵が一時期通っていた介護施設だ。

「もちろん、それはよろしいのですが――」

増田は、続く言葉を飲み込んだ。

佐方がこの案件に疑問を抱いた理由は、もっと遠くへ逃げられたはずの昌平が、なぜ近場をうろうろしていたのか、だ。三年前のことを、執拗に調べる必要があるのだろうか。つい、そう口にしそうになったが、思いとどまった。事務官が、担当検事の捜査に口出しすべきではない。ただひたすら、担当検事の補佐に徹するだけだ。

言葉が途切れたことから、増田の内心を察したのだろう。佐方は増田がなにも訊ねないのに、深水デイサービスへ行く理由を説明した。

「被疑者がコウノトリ便を辞めた時期と、母親の深水デイサービスの利用を止めた時期は、ほぼ同じです。このふたつの一致は、おそらくなにかしらの理由で結びついている。深水デイサービスの職員なら、その理由を知っているのではないか、と思うんです」

いままで一緒に仕事をしてきた増田は、佐方の事件を読む目の鋭さをよく知っている。佐方が左と言えば、左に行くだけだ。

角を曲がると、信号が赤だった。ブレーキを踏む。あたりが薄暗くなってきた。ヘッドライトを点ける。

「地検に戻ったら、すぐに連絡を入れます」

信号が青になった。増田は車のアクセルを踏んだ。

午後に開かれる法廷の資料を取り揃えた増田と佐方は、深水デイサービスへ向かった。場所は大里町だ。道塚親子が住んでいた自宅から、施設の送迎バスで二十分のところにある。

深水デイサービスの駐車場は、敷地内にある。そこに駐めて車を降りる。

増田は、目の前の建物を眺めた。長細いコンクリートの箱を、上下に重ねたような造りだ。広い窓が横一列に並び、桜やタンポポの形に切り抜いた色紙が貼られている。タンバリンかカスタネットか。増田の耳に、打楽器を叩く音が聞こえた。リズムがばらばらだ。建物のなかから、聞こえてくる。

そこだけ切り取れば、保育園か幼稚園のようだ。違うのは、建物全体から活力やエネルギーといった、躍動が感じられないことだった。

「行きましょう」

佐方が、先頭を切って歩き出す。

駐車場から続くスロープをのぼり、正面玄関の自動ドアをくぐる。

なかは広々としたフロアになっていた。段差はない。床は病院でよく使われている、リノリウムだ。

フロアの突き当たりに、扉があった。ぶら下がっているプレートに、事務室とある。

増田は、扉をノックして開けた。なかには、事務机が四つあった。そのひとつに女性が座っている。長い髪をうしろでひとつに束ねて、トレーニングウェアの上下を着ている。女性は施設のスタッフで、園部と名乗った。

増田が来訪の意図を伝えると、園部は増田と佐方を、隣の所長室へ案内した。

園部に促されなかに入ると、年配の女性がいた。深水デイサービスの所長、堀弓子だった。グレーのパンツスーツを着ている。短い髪には白いものが交じり、目じりには深い皺が目立った。六十手前といったところか。

「お待ちしていました。どうぞ」

堀は丁重な仕草で、ふたりに椅子を勧めた。企業の応接室や、学校の来客室でよく見かける革張りのソファではない。座面が低く、肘掛けがついたひとり用だ。逆に目の前のテーブルは、一般的なものより天板の位置が高かった。

椅子に座った増田は、尻をもぞもぞさせた。椅子とテーブルの高さが少し違うだけで、妙に落ち着かない。

ふたりの向かいに座った堀は、増田を見て笑った。

「勝手が違うでしょう。この部屋には、施設に通っている方も来るから」

そう言われて、増田は気づいた。座面が低い椅子は、背中が曲がったお年寄りでも楽に腰かけられる。天板が高いテーブルは、車椅子の肘掛けが奥まで入る。椅子もテーブルも、高齢者が使いやすいものなのだ。

ここがどういう場所なのか理解しきれていなかった自分を恥じる。顔に出ていたのだろう。堀は増田に微笑みかけた。

「ここにはじめて来る方は、みなさん戸惑うの。あなただけではないから、安心して」

顔を合わせたときから思っていたが、堀は人を和ませる。向ける笑みは温かく、言葉遣いも、以前からの知り合いにかけるそれだった。通所者にも同じように接しているのだろう。

堀の滲み出る人柄に気持ちがくつろいだのか、佐方にしてはめずらしく雑談から入った。

「表も可愛いですが、なかもそうなんですね」

佐方の視線を追い、堀が部屋のなかを見回す。壁には、外から見えた花形の色紙や、折り紙で作った動物たちが飾られていた。

堀はあたりを眺めながら言う。

「身体の大きさが違うだけで、お年寄りの気持ちは子供と一緒ですから。いえ、若い人だってそう。大人の振りをしているだけ。ちょっと気持ちを隠すのが上手になっただけで、みんな、大人ごっこをしているんだと思いますよ」

堀が言うと、そんな気がしてくるから不思議だ。

佐方は感心とも同意ともとれる肯きを返した。

本題を切り出したのは、堀のほうだった。

「今日、私を訪ねてこられたのは、道塚さん親子に関することでしたね」

切り口上のような言い方に、思わず身構えた。穏やかだった声も、心なしか鋭くなったような気がした。

佐方は椅子の上で、居住まいを正した。

「そうです。堀さんは、事件のことをご存じですか」

堀の顔から笑みが消える。小さく肯き、答えた。

「新聞で知りました。信じられなくて、何度も名前を読み直しました」

佐方は、隣にいる増田をちらりと見た。

「私と増田事務官が、事件を担当することになりました。それで、道塚さん親子のことを調べています」

「そうですか」

堀はぽつりと言う。

扉が開き、園部が茶を持ってきた。

園部が退室すると、堀は引き締まった表情で佐方と増田を見た。

「私でお答えできることでしたら、なんでもお話しします」

佐方は小さく、だが長く頭を下げると、質問をはじめた。

「堀さんは、いつからこちらにいらっしゃるんですか」

「八年前です」

堀は長く介護士を務めていたが、若い頃から患っていた腰痛がひどくなり、現場を離れた。勤務していた介護施設の理事長が、堀の長年の経験と人柄を高く評価し、関連施設の深水デイサービスの所長に任命したのだという。

「では、道塚さん親子のこともご存じですね」

堀は肯いた。

「須恵さんがここに通っていらしたのはほんの三か月でしたが、おふたりのことはよく覚えています。特に息子さんのことは」

病院や介護施設などの、弱った者を託される場所は、身内の人間関係が浮き彫りになる、と堀は言う。

「繋(つな)がりが深いご家族がいる一方、希薄なご家族もいます。それは長い時間かけて生まれたもので、他人の私たちが介入できるものではありません。お尋ねの道塚昌平さんは、とてもお母さまを慈しんでおられました」

堀の話によると、地域の介護事業者から須恵の施設利用の依頼書が届いたのはその年の八月上旬——須恵が通所するおよそひと月前だった。

昌平に連絡を取り、一度ふたりで施設に来てほしい、と伝えると、ふたりは翌日やってきた。施設を訪れた昌平は、須恵を背負っていた。

「須恵さんは小柄で痩せている方でした。とはいえ、大人ですから、それなりに重さがあります。須恵さんをおんぶしたまま玄関に立っている昌平さんに、歩行に支障があるなら車椅子をお貸ししますよ、と言ったんですが、昌平さんは断られましてね。母が怖がるから、部屋に着くまでこのままでいいですって」

その後、所長室で面談をしたが、そのあいだ昌平は、隣の椅子に座っている須恵の手をずっと握り、落ち着かない須恵を気遣っていたという。

「須恵さんとお会いして、自宅でひとりで過ごすのは困難だと感じました。一緒に暮らしている昌平さんは、そのときは仕事をされずに自宅にいましたが、九月から新しい仕事が決まっていました。勤務は五時半までだから、それまで施設で見てほしい、そうおっしゃいました」

「そのときのふたりを見て、堀さんはどのように感じましたか」

堀は、記憶を辿るように窓の外を見た。

「立場が逆転しているみたいでしたね。昌平さんが父親で、須恵さんが子供ですね。子供を心から愛する父親と、父親を信頼しきっている子供、そのように見えました」

「そのとき、昌平さんはどんな様子でしたか」

「かなり疲れていらっしゃいました。私もこの仕事は長くしています。通所者本人だけでなく、お身内がいまどのような状態なのかも、見ればおおよそ見当がつきます」

そのときの昌平はため息が多く、目が虚ろで、声にも力がない。全身から疲労が漂っていた、と堀は言った。

「検事さんたちも知っていると思いますが、介護の関連施設はどこも満員です。空きが出るのを多くの方が待っている。須恵さんの前にも、ここの利用を申請している方がいらっしゃいましたが、スタッフと相談して須恵さんをほかの方より優先して預かることにしました。一時的にでも介護の負担を取り除かなければ、昌平さんが保たないと思ったからです」

そして、須恵は九月一日から通所することになる。

佐方は質問を続けた。

「須恵さんがこちらを利用してから、昌平さんは変わりましたか。負担が軽くなり表情が明るくなったとか、元気になったとか」

堀は床に視線を落とし、少し考えてから答えた。

「それはありました。でも、ほんの一週間くらいでしたね。すぐに私とはじめて会ったときのように――いえ、さらにお疲れになっていきました」

佐方は眉根を寄せた。

「それはなぜですか」

堀は顔をあげて、佐方を見た。

「須恵さんが、通所を嫌がったからです」

深水デイサービスへの通所手段は、施設への送迎バスだったが、通所の初日から、須恵はバスへの乗車を拒んだ。

「最初は多くの方がそうなんです。幼児が保育園や幼稚園に行くのを嫌がるのと同じです。信頼している親から引き離されて、どこかへ連れていかれるわけですから当然ですよね。でも、ほとんどの方が次第に慣れていくのに対し、須恵さんは拒絶が強くなっていきました」

送迎バスへ乗車する際は大暴れし、施設にいるあいだは誰彼構わず暴言を吐く。ときにはスタッフや通所者に嚙みつくこともあった。

日常の世話も大変だった。排泄の介助も頑なに拒否し、手洗い以外のところで用を足したこともある。入浴も嫌がった。あるとき、三日間風呂に入っていない、と昌平から連絡を受け、強引に入浴させたが、過呼吸で倒れてしまった。

「須恵さんは通所者のなかでも、かなり難しい方でした。でも――」

堀の声に、力がこもった。

「私たちは介護のプロです。介護を受ける方とそのお身内が、ともに楽に暮らせるようにお手伝いするのが仕事です。だから須恵さんも、出来る限りここで看ようと思っていました。でも、須恵さんは三か月で退所してしまいました。息子さんのご意向で――」

「昌平さんの意向で？」

佐方が聞き返す。

堀は肯いた。

「理由を訊ねると、母親が可哀そうだから、そうおっしゃいました」

毎朝、泣きわめいて家を出ていく姿を見るのは、もう耐えられない。施設にいるより、自分といたほうが母親は幸せだ、と昌平は言ったという。

「私は反対しました。いまは、息子さんといたほうが落ち着いているかもしれない。でも現代医学では、薬で認知症の進行を緩やかにすることはできても、止めることはできません。いずれ、いまより介護が困難になる、そう言いました」

「堀さんの話を聞いて、昌平さんはなんと言いましたか」

「会社をクビになったから、次の仕事が見つかるまで自分が面倒を見ます、そうおっしゃいました」

増田は、手帳に走らせていたペンを止めた。

昌平はコウノトリ便を自ら辞めているはずだ。

鳴り響いていたタンバリンやカスタネットの音に代わり、歌声が聞こえてきた。童謡の「チューリップ」だ。オルガンに合わせて、歌っている。通所者たちが合唱しているのだろう。

「ここでは一か月に一度、通所者のご家族と面談をしています」

堀は、話を変えた。

「通所者のご自宅での様子や、ご家族が抱えている悩みを聞くためです。須恵さんが通所してはじめての面談のとき昌平さんは、須恵さんが自分にひどくあたる、そう言いました」

須恵は自宅へ戻ると、昌平に汚い言葉を吐きながら暴れた。それはときに深夜まで続いたという。

そのとき、昌平はまだコウノトリ便に勤めている。須恵の怒りに夜遅くまでつき合わされ、朝には起きて仕事へ行く。それが毎日続いたのでは、疲れて当然だ。

「須恵さんが反抗しないのは、通所がない日曜日だけだったそうです。母親はそれほど家にいたいんですよね、と昌平さんは言いました。私は、すぐには難しいけれど、通所ではなく入所できる介護施設を探しましょう、そう提案したんです。でも、昌平さんは自分が面倒を見るからと、拒否しました」

佐方は膝の前で、手を組んだ。

「昌平さんは、コウノトリ便を自分から辞めています」

堀は床に向けていた顔を、勢いよくあげた。

「自分から？」

佐方は肯いた。

「通所した年の十二月二十五日に、辞職しています」

堀はなにかを得心したような、ため息を吐いた。

「書類上は十二月三十一日までにしましたが、実際、ここに通っていたのは二十六日までです。前日の二十五日に施設のクリスマス会があり、そこで、須恵さんが自分のケーキを隣にいた通所者に投げつけて騒ぎになったので、よく覚えています」

堀は佐方を見据えた。

「昌平さんは職場をクビになったから通所を止めたのではなくて、須恵さんを自分で看るために仕事を辞めたんですね。いえ——辞めざるを得なかった、そのほうが正しいかもしれません」

昼間に仕事をして夜に介護では、身が保つはずがない。しかし、昌平は母親の介護施設入所を受け入れなかった。自分より、母親の胸中を重んじたというのか。

通所者の歌声が聞こえなくなった。

堀はどこかを見つめながら、つぶやいた。

「道塚さんのご自宅、もとは須恵さんのご両親が住んでいらした家でしたね」

堀の話によれば、須恵の両親は須恵が離婚したあと、他県に住んでいる兄夫婦との同居が決まった。両親は、老後にふたりで暮らすために、退職金で小さな建売住宅を購入したばかりだった。

須恵の離婚と、両親の兄夫婦との同居という事情が重なり、その家は須恵が譲り受けることになった。その代わりに、ほかの財産はすべて放棄して兄に譲る取り決めをしたという。

「親からもらった大事な家だから、須恵さんはあれほど離れたがらなかったんです」

堀は目を伏せた。

「昌平さんは、かなり古くなったけど、母がいるあいだは家を手放さない。あの家から母を、あの世へ送り出したい、そう言っていました。本当に優しい方でした。それなのに、どうしてこんなことになったのか――」

増田は耳を疑った。

昌平は佐方の取り調べで、家を手放さなかった理由は、須恵が死んだあと自分が住むためだった、と供述している。

増田は目の端で、佐方を見た。

佐方は真剣な目で、空を睨んでいた。

暇を告げて建物を出た増田は、息急き佐方に訊ねた。

「佐方さん、いましがた堀さんから聞いた話と、被疑者の供述は違っています。いったいどういうことでしょう」

車の助手席に乗りこんだ佐方は、前方を見つめた。

「私もそれを考えていたところです」

運転席に座った増田は、佐方に身を乗り出した。

「取り調べしたときに私が被疑者に感じた印象は、身勝手でした。自分の都合で仕事を辞めて、自分のためだけに生活保護を受けず、認知症の母親への適切な介護を放棄した末に殺害した。でも、被疑者を知る人たちの話を聞くと、そんな人間には思えません」

コウノトリ便と深水デイサービスで聞いた話が本当なら、昌平は勤勉で、思いやりがあり、母親を大切にしていたことになる。

「母親の望みを叶えようとしたがために疲れ果て、思い悩んだ末に殺害した。そう訴えれば、情状酌量で刑が軽くなる可能性があります。それなのに、被疑者は逆の供述をしている。いったい被疑者は、なにを考えているんでしょう」

佐方は、ぽつりとつぶやいた。

「二時間――」

佐方はフロントガラスの向こう側を見つめている。

「被疑者が母親を殺害し、身柄を拘束されるまでの時間です。なぜ、被疑者はもっと遠くへ逃げなかったのか。その理由は、被疑者が自分を擁護しない理由と同じような気がします。この事件の真実は、きっとそこにある」

佐方は増田に顔を向けた。

「こんど、被疑者を取り調べられる日はいつでしょうか」

増田は懐から、慌てて手帳を取り出した。予定を確認する。

「今週はすでに、毎日予定が入っています。まとまった時間が取れる日は、週明けですね。午前中は会議、午後は一時から公判がありますが、判決の言い渡しですからそう時間はかかりません。月曜の午後三時ではどうでしょう」

「それでお願いします」

増田は携帯から、米崎県警に電話をかけた。

昌平は米崎県警の留置場に、身柄を拘束されている。

増田は、用件を伝えて電話を切った。

「予定、入れました」

佐方は肯いた。前を見る。

「戻りましょう」

増田は肯き、車のエンジンをかけた。

午後の公判は、予想どおり速やかに終わった。

机に積まれている未決の案件を、増田は順に整理していく。

三時五分前になると、佐方とともに取調室へ向かった。

取調室の椅子に座る昌平は、十日間ほどでさらに老けたような気がした。眼窩は落ちくぼみ、頰がげっそりと削げている。顔色も冴えない。

県警の留置場で過ごす日々が辛いのか、母親を殺めた罪悪感に苛まれているのか。それにしても、ひどいやつれ方だ。

佐方も昌平の変わりようが気になったらしく、気遣う言葉をかけた。

「留置場では、眠れていますか」

項垂れていた昌平は、そのままの姿勢で肯く。

「食事はとれていますか」

昌平は、軽く首を捻じ曲げた。肯定したようにも、否定したようにも見える。

佐方は腕時計を見た。三時。

「いまから取り調べをはじめます。いいですか」

昌平は、か細い声で返事をした。

「はい」

佐方は机のうえで手を組んだ。

「先々週の金曜日と先週の月曜日、あなたが勤めていたコウノトリ便と、須恵さんが通所していた深水デイサービスへ行ってきました」

昌平が、ゆっくりと顔をあげた。佐方を見る目に、戸惑いの色が浮かんでいる。

「尾形徹さんを、覚えていますか」

昌平の口が、あっ、というように開いた。

佐方が続けて問う。

「田部順子さんは?」

昌平の目がかすかに揺れる。開けていた口を閉じて、佐方から視線をそらした。

「尾形さんは、あなたが勤めていたとき上司だった人です。田部さんは事務員です。勤めていた期間が短かったにもかかわらず、ふたりとも、あなたのことをよく覚えていましたよ」

昌平は首を横に振った。

「私は、覚えていません」

なぜ、嘘を吐くのか。尾形と田部の名前を聞いたときの顔は、明らかにふたりを覚えているものだった。

佐方も昌平が嘘の供述をしているとわかっているはずだ。が、佐方は問いただささなかった。ふたりから聞いた話を昌平に伝える。

「おふたりともあなたのことを、真面目で気遣いができる優しい人だった、そう言っていました。そして、あなたが供述したような社内でのトラブルはなかったとも言っています。あなたが、ずっとコウノトリ便で働きたい、そう何度も言っていたとも聞きました」

昌平は下を向いたままだ。なにも言わない。

佐方は昌平の顔を、下から覗いた。

「あなたがコウノトリ便を辞めた理由は、トラブルでも、つまらなくなったからでもない。ほかに理由があるのではないですか」

昌平は首を横に振った。

「いいえ」

佐方が念を押す。

「それは、本当ですか」

昌平は顔をあげると、険しい顔で答えた。

「私は正直に答えています。もう働くのが嫌になった、それだけです」

昌平が再び下を向く。

佐方は見えないものを見ようとするように、昌平をじっと見据えている。昌平の呼吸が落ち着くと、質問を変えた。

「堀弓子さんは覚えていますか」

一度はもとに戻った昌平の顔が、再び険しくなる。

「深水デイサービスの所長です。あなたは、須恵さんを通所させる手続きをとるときや、その後の面談で、堀さんに会っています」

この質問にも、昌平は尾形と田部について訊ねられたときと同じ返答をした。

「覚えていません」

「おかしくありませんか」

あいだを置かず、佐方は訊ねた。

「深水デイサービスは、あなたが須恵さんを預けた唯一の施設です。そこの所長を、覚えていないということがあるでしょうか」

昌平は乱暴に佐方に顔を向けると、かすれた声で叫んだ。

「覚えてないから、覚えてないんだ！」

昌平が初めて声を荒らげた。痛いところをつかれた、そんな感じだ。

佐方は宥めるように言う。

「尾形さんや田部さんと同じように、堀さんもあなたのことをよく覚えていました。あなたは須恵さんをとても慈しんでいた、そう言っていました。堀さんのこと、思い出せませんか」

昌平は、佐方から顔を背けた。

顔を見られたくないのか、深く俯く。

佐方は様子を窺うように昌平をじっと見ていたが、やがて厳しい声で訊ねた。

「なぜ、嘘を吐いたんですか」

昌平が勢いよく顔をあげた。

「嘘？」

聞き返す声が震えている。

佐方は肯いた。

「あなたはコウノトリ便と同じように、須恵さんの深水デイサービスへの通所も三か月でやめた。その理由を堀さんに、会社をクビになったから次の仕事が決まるまで自分が面倒を見る、と言ったそうですね。でも、あなたは会社をクビにはなっていない。自分から辞めています」

佐方は昌平に詰め寄る。

「堀さんがあなたから聞いた、自宅を手放さなかった理由も供述とは違っています。あなたは私に、自分が暮らしていくために手放さなかった、そう言いました。しかし、堀さんには、須恵さんの思い出が詰まったあの家で須恵さんを見送りたいから、そう言っています。なぜ、嘘の供述をしたんですか」

しばらくのあいだ、昌平は黙って俯いていたが、やがてようやく聞き取れるほどの小さな声で答えた。

「黙秘します」

被疑者や被告人には、取り調べを行う前に黙秘権があることは伝えている。

佐方は別の質問にした。

「あなたがコウノトリ便を辞めたのと、須恵さんの深水デイサービスの利用を止めたのは、同じ時期——十二月の末です。これは偶然ですか、それとも関連性があるんですか」

昌平は黙っている。この質問にも、黙秘権を行使しているのか。

「須恵さんは、通所を嫌がったそうですね。堀さんの話では、須恵さんは施設を利用した日の夜はひどく暴れた。逆に、利用しなかった日は穏やかだった。それほど須恵さんは、通所を嫌った」

昌平のこめかみを、汗が伝う。まだ暑い時期ではない。

佐方は前に身を乗り出した。俯いている昌平を見据える。

「あなたは須恵さんの面倒を見るために、仕事を辞めた。暴れるほど通所を嫌がる母親が不憫でならなかった。生活保護を受給できれば暮らしていけたはずなのに、自宅を手放さなかった。その理由は、自分のためじゃない。母親のためだった。違いますか」

昌平は答えない。

佐方は続ける。

「私が知りたいのは、あなたが自分に不利な供述をする理由です。私たちが調べた限り、あなたは自ら供述したような身勝手な人間ではない。むしろ、母親思いの息子です」

昌平が首を横に振る。

佐方は推論を進めた。

「あなたは警察の取り調べに対し、母親の殺害は計画的だった、と供述しています。が、そうでないことは、殺害現場が裏付けています」

昌平が顔をあげた。目が、なぜ、と言っている。

「私はあなたの自宅へ足を運び、周辺を調べました。あなたたち親子の家と隣家とはかなり距離があり、多少の物音や悲鳴は聞こえない。人目がある外より、家のなかで殺害したほうが見つかる恐れがないはずなのに、あなたはわざわざ外へ連れ出し、須恵さんを殺した——なぜか。最初から計画などしていなかったからです」

昌平の身体が、ぶるっと震えた。

佐方は射るような目で、昌平を見た。

「あなたは、なにを隠しているんですか」

昌平の身体が、ふたつに折れた。再び息が、荒くなる。

一度目の取り調べのときも体調が優れなかったが、今日はそのとき以上に悪そうだ。

佐方は昌平に駆け寄ると、脇から身体を支えた。増田に言う。

「取り調べはここまでです。道塚さんを医務室へ」

増田はドアを開けて、外で待機している警察官を呼んだ。

佐方は担架を使うことを勧めたが、昌平は断った。腰ひもをつけられ、警察官の肩を借りながら部屋を出ていく。

「体調、かなり悪そうですね」

増田がつぶやく。

佐方はなにも言わない。廊下の先を見ている。

増田は佐方の視線を追った。昌平の背中が見えた。

痩せ細り丸まった背中は、老人のようだった。


公判部の部屋に戻ったのは、四時前だった。

部屋には三人しかいなかった。公判か調べで席を外しているのだろう。

席に着き、昌平の取り調べをまとめようとしたとき、部屋のドアが勢いよく開いた。

音に驚き、そちらを見る。

矢口史郎だった。

身体は小柄だが大きく見えるのは、高圧的な態度によるところだろう。

矢口は大股(おおまた)で部屋に入り、佐方の前に立った。

「道塚昌平を、さっき地検で見かけた。君が呼んだのか」

目上に対して座ったままでは失礼だと思ったのだろう。佐方は椅子から立ち上がった。

「調べたいことがあったので、呼びました」

部屋のなかの空気が張り詰めた。

ただならない気配を察したのだろう。部屋にいる三人は、頭を深く垂れて関わらないようにしている。

矢口の目が、鋭くなる。

「君は自分がなにをしているのか、わかっているのか」

「と、おっしゃいますと」

軽んじられたと思ったのか、矢口の顔が怒りに満ちた。

「君がしていることは、私に対する侮辱だ！」

矢口は佐方の机に、手のひらを思い切り叩きつけた。

まずい。

増田は急いで立ち上がり、ふたりのあいだに割って入った。

「落ち着いてください、矢口さん。私たちは決して矢口さんを侮辱するつもりは——」

担当検事を庇おうとする増田の肩を、佐方が摑んだ。脇へ押しやる。

佐方は矢口の目を、まっすぐに見据えた。

「私は自分が担当する案件を、調べているだけです」

矢口が言い返す。

「すでに私が調べた」

「私には、腑に落ちないところがあるんです」

矢口の肩が震える。耳まで真っ赤だ。身体の横で握りしめている拳を、佐方に繰り出すのではないかと不安になる。

矢口は佐方を睨みつけていたが、やがて自分を落ち着かせるように、大きく息を吐いた。

「君は任官五年目だそうだが、自分の仕事を理解しているか。我々の責務は、罪を犯した者を糾弾することだ」

矢口は言い含めるように言う。

「道塚昌平は、母親を殺した。それは事実だ。証拠もあがっているし、本人も認めている。あとは私が作成した公判引継書にあるとおり、求刑十年を言い渡せばいい。それが、君の仕事だ。事件を調べ直すことじゃない」

佐方は黙って、矢口を見ている。

無言を了承と受け取ったのか、矢口は佐方に背を向けた。

「わかったら、その案件の調べはやめて、次の仕事を手掛けるんだな」

矢口がドアへ向かう。

増田は胸をなでおろした。とりあえず今日のところは、これ以上の騒ぎにはならない。あとのことは、これから佐方と相談すればいい。

増田が安堵したとき、佐方は矢口に言い放った。

「事実は真実ではありません」

矢口の足が止まる。振り返る。眉間に深い皺が寄っていた。

「なんだと？」

佐方は、自分から矢口に近づいた。真正面に立つ。

「矢口さんは、検事の責務は罪を犯した者を糾弾することだとおっしゃいましたが、私はそうは思いません」

矢口の頬が引きつった。はらわたが煮えくり返っているのだろう。キャリアのプライドか、矢口は感情を表に出さずに訊ねた。

「では、君はどう思うのかね」

「検事の責務は、罪をまっとうに裁かせることだと思っています」

矢口は一瞬、驚いたような顔をし、すぐに冷ややかな笑みを浮かべた。

「私が言ったことと、いま君が口にしたことのなにが違うんだね。罪人を裁くことに変わりはないじゃないか」

佐方は、首を横に振る。

「人には感情があります。怒り、悲しみ、恨み、慈しみ。それらが、事件を引き起こす。事件を起こした人間の根底にあるものがわからなければ、真の意味で事件を裁いたことにはならない」

佐方は足を一歩前に出し、矢口と顔がつくぐらい近づいた。

「なぜ、事件が起きたのかを突き止め、罪をまっとうに裁かせる。それが、私の信義です」

佐方の迷いのない言葉に圧されたのか、矢口は佐方を睨んだまま立っていた。

やがて、重々しい声で、佐方に言った。

「君のその信義というやつを見せてもらおう。それが、検察の権威を貶めることにならなければいいが」

矢口はそう言い残し、乱暴にドアを閉めて出ていった。部屋が静かになる。

「佐方さん――」

増田は声をかけた。

増田はいままで佐方とともに仕事をしてきて、佐方という人間をわかっている——少なくとも自分は佐方の理解者であると思っている。

今回の件も、佐方の考えは正しいと思う。だが、佐方のひたむきさが検事としての命取りになるのではないか、という不安を抱いているのも確かだった。

敵は少ないほうがいい。もう少しうまく立ち回ったほうが、これからの佐方のためになるのではないだろうか。

名前を呼んだはいいが、なにを言っていいのかわからない。立ち尽くしていると、逆に佐方が増田を呼んだ。

「増田さん」

急いで顔を向ける。

「なんでしょう」

「昌平さんの自宅周辺の聞き込みをしたいのですが、次に時間がとれるのはいつですか。できれば早急に」

増田は胸が熱くなった。真実の追求から目を逸らしかけていた自分を恥じる。

佐方に迷いはない。立場とか、組織の事情など関係ない。罪をまっとうに裁かせるだけなのだ。

増田は自分の頬を両手で叩いて、自分自身に活を入れた。

増田は急いで自分の席に戻り、スケジュールを確認した。昌平の初公判は、五月八日だ。およそ二十日後だが、ゴールデンウィークを挟むため、実際に動ける日はもっと短い。この先、三日間は予定が入っている。最短で動けるのは金曜日だ。午前中が空いている。

そう伝えると、佐方は肯いた。

「そこに、昌平さんの自宅周辺の聞き込みを入れておいてください。朝の業務が終わったら、すぐに行きましょう」

「承知しました」

増田は棚からゼンリンの地図を持ってくると、昌平の自宅周辺の民家を調べはじめた。

四日後、増田と佐方は、午後の公判の関係書類をまとめると、大里町へ向かった。

空き地に車を駐めて、昌平の自宅のまわりを歩く。天気がいい。

道路わきの畑で、土を耕している女性に、佐方が声をかけた。

「お忙しいところすみません。少しいいですか」

女性は動かしていた手を止めて、顔をあげた。

「なにか？」

孫がいてもおかしくない年齢に見える。

佐方は自分の身元を明かし、女性に訊ねた。

「このあたりにお住まいの、道塚さん親子をご存じですか」

女性の顔が曇る。明らかに事件を知っている顔だ。

「おふたりについて、知っていることがあったら教えていただきたいんですが」

女性は頭にかぶっていた手拭をとり、側へやってきた。佐方と増田の前に立つ。

「須恵さんと昌平さんでしょう。ふたりのことなら知ってますよ」

女性は渡部布由子と名乗った。家は、昌平の自宅から百メートルほど離れたところにあるという。

布由子は手にしていた手拭で、額の汗をぬぐった。

「検事さんたち、あの事件を調べてるのかい」

「ええ、そうです」

佐方が答えると、布由子は重い息を吐いた。

「こんな狭い町で殺人事件が起きるなんて、びっくりしたよ」

佐方が、須恵と昌平が普段どのような様子だったか訊ねると、布由子は素直に答えた。

「とても仲がよかったよ。うちの人なんか、よくできた息子さんだって感心してた」

布由子の夫は、この地区の町内会長をしていた。二年一期で、今年で三期目だという。その兼ね合いで、妻の布由子も町内会の行事や雑務に関わっていた。

布由子は、昌平が実家に戻ってきたときのことを覚えていた。

「ふたりで引っ越しの挨拶に来て、お菓子を置いていったの。そのとき、礼儀正しい息子さんだなって思ったよ。須恵さんは息子さんのとなりで、にこにこしててね。一緒に暮らせるのが嬉しかったんだろうね。それがまさか、こんなことになるなんて——」

布由子は言葉を詰まらせた。

ふたりが一緒に出掛ける姿を、布由子はよく見かけていた。歩きのときもあれば、昌平が運転する車で出掛けるときもある。いつも同じなのは、昌平が須恵を支えながら、大切そうに扱っていることだった。

「検事さんたち、須恵さんが認知症だったことは知っている?」

布由子は佐方と増田に訊ねた。佐方が肯く。

「五年前に診断が下って、ここ最近はかなり重かったと聞いています」

こんどは布由子が肯いた。

「須恵さん、ここ一年くらいは徘徊してたてね。昼夜問わず、ひとりで外へ出ていって帰れなくなるの。そのたびに昌平さんは必死になって捜して、ときには警察に手伝ってもらったこともあった」

昌平を庇う気持ちがあるのか、布由子は昌平がいかに母親を大切にしていたかを語る。

布由子は自分の家があるほうに、目をやった。

「私も三年前まで、認知症の姑を自宅で看てたから、介護の辛さはよくわかる。だいぶ前に道ですれ違ったとき、介護は大変ね、って声をかけたら、育ててもらった恩返しですよ、って笑ってた」

姑は、昨年、あの世へ旅立ったという。

布由子は姑が元気だったときに、須恵が離婚している話を聞いていた。

「昌平さん、苦労して育ててくれた母親に感謝してたんだろうね。それなのに、どうしてあんなことになっちゃったんだろうね」

布由子は重い息を吐いた。

佐方は質問を変えた。

「事件を起こす前、昌平さんに変わった様子はありませんでしたか」

布由子は、少し考えてから答えた。

「ここ最近、前にもまして疲れている感じはあったけど、それ以外は特に——」

埃っぽい風が吹いた。布由子が手拭で口元を覆う。話が途切れた。

佐方は時間を取らせた詫びをいい、布由子と別れた。

増田は歩きながら、佐方に話しかけた。

「布由子さんが、嘘を吐いているようには見えませんでしたね。嘘を吐く必要もないし、被疑者が母親を献身的に介護していたのは事実のようですね」

佐方は前を睨みながら言う。

「だから、ますますわかりません。被疑者は、どうしてその事実を隠すんでしょう。嘘の供述をする理由はなんなのか――」

佐方は昌平の自宅の斜向かいの家に向かった。その家の者から話を聞くという。

道路そばにある門柱を入ると、なかは広かった。門柱から母屋まではかなり距離がある。

母屋にたどり着く手前に、納屋があった。

開け放たれたシャッターのなかに、犬がいた。柴犬のようだ。納屋の柱に、鎖で繋がれている。人馴れしているらしく、佐方と増田を見ても吠えない。番犬としては、役に立ちそうもない。

玄関の横に、畑中と書かれた表札があった。その脇にチャイムがある。押そうとしたとき、目の前で引き戸が開いた。

開いた先に、年配の男性が立っていた。短い髪がすべて白い。ご隠居さん、そんな言葉が浮かぶ。男性は暖かい陽気にもかかわらず、綿入りの半纏を着ていた。

男性は増田と佐方を交互に見ると、つっけんどんに言った。

「勧誘ならお断りだよ」

スーツ姿のふたりの男を、営業マンだと思ったらしい。

増田は男性に、佐方と自分の身元を明かした。

「検事さん――か」

男性はめずらしそうに佐方を見て、畑中惣一と名乗った。この家の主だという。

増田は、来訪の意図を説明した。

話を聞いた惣一は、辛そうに顔を歪めた。

「ありゃあ切ないよな。誰が悪いわけじゃあないのによ」

惣一の話も、布由子と同じような内容だった。昌平がいかに須恵を大切にしていたかを、訥々と語る。事件に繋がる新しい情報はない。

惣一は、厳しい表情で増田と佐方を見た。

「私もね、後味の悪い思いをしてるんですよ。昌平さん、須恵さんの介護がきつくなったころから近所付き合いが悪くなって、町内会の集まりにも、来なくなった。実際は来る余裕がなかったんだろうけどね」

惣一は、視線を遠くへ流した。

「いま言っても詮無いけど、こっちがもう少し声をかけたり、気遣う様子を見せていれば、昌平さんもあそこまで思い詰めなかったんじゃないかって思うんですよ。行き場がなくて、どんどん閉じ籠ってしまったのかなってね」

たしかに、行き場がなく家で一日中、認知症の母とふたりきりでは、悲観的になってもおかしくはない。

「昌平さんには、母親のことを相談できる友人や知人はいなかったんでしょうか」

佐方が訊ねる。

惣一は顎に手を当てて、首を捻った。

「昌平さんが母親以外の人といるところは見た覚えがないなあ。少なくとも、このあたりにはいないね」

「このあたり以外には、いたかもしれないということですか」

佐方の問いに、惣一は困惑気味に答えた。

「いや、詳しくは知らないよ。ただ、いつも日曜日にひとりで出かけてたから、どっか行く場所があるんだなって思ってただけだよ」

「日曜日に、ひとりで？」

佐方がオウム返しに訊く。

惣一の話によると、昌平は日曜日になると、ひとりで車で出かけていたという。朝の六時五十分に家を出て、八時半には帰ってくる。時間は判で押したように、決まっていた。

「コタロウの散歩の時間が、ちょうど同じでね。よく、昌平さんが出かけていくところと、帰ってくるところに出くわしてたんだよ」

コタロウとは、納屋に繋がれている柴犬のことだった。

惣一は、十年前に勤めていた会社を定年で辞めて、いまは自宅にいる。孫に乞われて飼った柴犬の散歩は、惣一の日課になっていた。

惣一は毎朝、地元のローカルニュースが終わる六時五十分に、コタロウの散歩に出かける。三十分くらい歩き、途中、惣一と同じく隠居生活をしている友人の家に立ち寄る。そこで三十分ほど茶を飲み、家に着くのは、おおよそ八時半だった。

佐方が、独り言のようにつぶやく。

「毎週日曜日、およそ一時間半の外出ですか」

惣一は肯いた。

「事件が起きる二か月ほど前から、出かける姿は見なくなったけど、それまでは定期便みたいに出かけてたよ」

「短時間のバイトでもしていたんでしょうか――」

増田は、思いついたことを口にした。昌平に、茶をともにする友人知人はいないはずだ。定期的に出かけていく用事が、ほかに思いつかなかった。

増田の推測を、佐方は否定した。

「短時間のバイトを募集しているところはありますが、最低でも二、三時間でしょう。仮にそう考えても、短時間のバイトの多くはシフト制です。毎週日曜日だけ働けるとは思えません」

佐方の考えを、惣一が補足した。

「このあたりは狭い。昌平さんがどこかで働いていたら、耳に入ってくるはずだ。だが、いままでそんな話は聞いたことがない」

増田は考え込んだ。

ふたりの言うとおりだとしたら、昌平は毎週日曜日、いったいどこへ行っていたのか。

「毎週、日曜日――」

佐方は呪文のように唱える。

玄関に佇んだまま考え込んだ佐方に、惣一が難色を示したとき、バイクの音がしてコタロウが吠えた。郵便配達だった。郵便物を届けに来た局員は、玄関に大の男が三人いるのを見て、驚いたようだった。

「お取込み中すみませんが、判子をもらえませんか」

引き戸の外で、局員はおどおどと惣一に頼む。

渡りに船とばかりに、惣一は声を張った。

「ああ、判子ね。いま持ってくるから、ちょっと待ってて」

惣一が奥へ引っ込もうとする。

一度、出直した方がいい。そう思い佐方に声をかけようとしたとき、佐方が声をあげた。

「もしかして」

その場にいた全員が、佐方を見る。

増田は息を呑んだ。佐方の表情は、怖いくらい真剣だった。

佐方が、勢いよく増田に顔を向ける。

「いますぐ、昌平さんの自宅へ行きます。確認したいことがあるんです」

唐突な言葉に、増田は躊躇った。

「それはかまいませんが、確認したいことって、いったい——あと、こちらはどうされますか。もうお話はよろしいですか」

こちらと言いながら、増田は惣一に目をやった。惣一は廊下の途中で立ち止まったまま、佐方を見ている。

玄関を出かかっていた佐方は、足を止めて振り返った。惣一に向かって姿勢を正す。

「お時間を頂戴し、ありがとうございました。またなにかありましたら、ご協力お願いします」

深々と頭を下げて、佐方は駆けだした。増田も惣一に頭を下げて、畑中家をあとにする。

道路へ出たとき、佐方はすでに昌平の自宅へ入っていくところだった。

佐方は茶の間の窓のところにいくと、なかを覗き込んだ。窓ガラスに額をつけて、なにかに目を凝らしている。やがて、窓から離れると、ひとり得心したように肯いた。

佐方が窓から離れるのを待って、増田もなかを覗く。

散乱した衣服、汚れたままの食器、壁に貼られているカレンダーと女性の絵、なにも変わりはない。以前、見たままだ。

佐方は怖い顔で、増田を見た。

「いまから江南町へ向かいます」

急な展開についていけず、増田は困惑した。

「いったいどうしたんですか。この部屋と江南町に、どんな関係があるんですか」

佐方は増田の質問に答えない。勝手に話を進める。

「江南町の昌平さんが身柄を確保された場所、わかりますよね」

たしか手帳に記していたはずだ。わからなければ、地検に電話を入れて確認すればいい。

「それはわかりますが――」

すべてを聞かず、佐方は昌平の自宅敷地を出た。車が駐めてある空き地へ、足早に歩いていく。

佐方は夢中になると、まわりが見えなくなる。いま答えを聞くのは無理そうだ。増田は諦めて、佐方のあとを追った。

移動中の車のなかでも、佐方はひと言も口をきかなかった。フロントガラスの前を、じっと見ている。

増田は江南町に着くと、国道沿いにある江南陸上競技場の駐車場に、車を駐めた。エンジンを切って、外へ出る。

増田は周囲を眺めた。

「このあたりですね」

昌平が身柄を拘束された住所は、手帳に書き留めていた。それが、この辺だ。目の前の国道は、車がひっきりなしに往来している。

見るともなしにあたりを見ていた増田は、佐方の視線が自分と違うことに気づいた。増田は漠然とあたりを見ているが、佐方は明らかに、なにかを探していた。

なにを探しているのか訊ねようとしたがそれより先に、佐方は駐車場の外へ向かった。

佐方は陸上競技場の周辺を、歩きはじめた。大きな道だけではなく、枝葉に分かれている細道まで、残さず確かめていく。

江南陸上競技場は、県内の主だった運動競技が行われる施設だ。設備が整い、規模も大きい。敷地の外周はかなりの距離があった。

佐方は歩きながら、なにかぶつぶつと言っていた。きっとある、あるはずだ、そんなことをつぶやいている。

わけがわからないまま、増田は佐方にひたすらついていく。

増田はときどき、佐方に疑問を抱く。

佐方はどうしてここまで、事件に強く入れ込むことができるのか。昌平が、殺害現場から身柄を確保されるまでの二時間を、どうしてこれだけの労力をかけて調べることができるのか。

問えば佐方は、罪をまっとうに裁かせるだけです、と言うだろう。それは増田にもわかる。法曹界に生きる者ならば、誰もが思うだろう。しかし、実行できる者はどれだけいるのか。絶えることがない犯罪と、日常の業務に追われ、もっと目を凝らすべき場所があるのに注視できないのが現実だろう。

昌平の件もそうだ。昌平は母親を殺害した。それ以上、必要な事実はあるのだろうか。

増田は、足を止めた。前を歩く佐方の背が、遠のいていく。

小さくなった背中が、曲がり角に差し掛かったとき、急に止まった。佐方はその場に立ち止まり、道の先をじっと見ている。やがて、増田を振り返り、大きく手招きをした。

「あった。ありましたよ、増田さん！」

増田は駆けだした。いったいなにがあったのか。

もう少しで佐方に辿りつくというとき、懐で携帯が鳴った。

こんなときに誰だ。足を止め、携帯電話に出る。

米崎県警の、留置場の担当官からだった。

携帯電話の向こうから聞こえた言葉に、増田は言葉を失った。

「わかりました。佐方検事に伝えます」

やっとのことでそれだけ言い、電話を切った。

様子がおかしいことに気づいたのだろう。佐方が増田のそばへやってきた。

「どうしました」

増田は佐方を見た。いま聞いた話を伝える。

「道塚昌平さんですが、胃に病変が見つかりました」

　佐方が目を見開いた。

「先日、地検の取り調べのときに医務室へ連れていかれましたが、そのとき、嘱託の医師に診てもらい、早急に消化器の内視鏡を受けるよう言われたそうです。今日、嘱託先の病院で胃の内視鏡を受けたところ、ポリープが見つかり、いま細胞検査に回っています。検査した医師によれば、悪性である可能性が極めて高く、そうだとしたら、かなり進行した状態だそうです」

　増田は、唇を嚙んだ。

「やつれ方がひどいとは思っていましたが、そんなに悪かったとは思いませんでした」

　増田の報告を黙って聞いていた佐方は、ぼそりと言った。

「そういうことだったのか」

　増田は顔をあげて、佐方を見た。

　なにがそういうことなのだろうか。

　佐方は、立ち止まっていた曲がり角に向かった。

「こっちです、増田さん。あれを見てください」

　増田は佐方のあとについて、曲がり角に立った。道の先に、ある象徴が見えた。

「あれは――」

佐方は肯いた。

「あれが、昌平さんが偽りの供述をしていた理由です」

増田は目を見開き、象徴を見つめた。


一〇二号法廷は、重い空気に包まれていた。

法壇には、三人の裁判官が座っている。真ん中に、裁判長の西條政明、左隣に陪席裁判官の谷敦、右隣に同じく陪席裁判官の安部壮一がいた。

増田は傍聴席にいた。五十人ほどが入れる傍聴席は、かなり埋まっていた。報道席にいたっては満席だ。介護殺人に対する、世間の関心の高さがうかがえる。

傍聴席には、矢口もいた。後方の席に座り、じっとしている。自分が起訴した案件を調べ直した佐方が、どのような裁判をするのか見に来たのだろう。

傍聴席から見て、左側の席に佐方が、右側の席に弁護人の守岡高徳がいた。守岡は表情が硬かった。唇をきつく結んでいる。

増田の脳裏に、一週間前に裁判所で行った公判前整理手続のときの、守岡の姿が蘇った。

佐方は証明予定事実を記載した書面を、裁判所へ提出した。それを確認した守岡は、不可解な顔をした。

「これは、どういうことですか」

守岡が佐方に訊ねた。

「そこにある通りです」

佐方が答える。

守岡は、いま一度、書面に目を通した。

「これが、佐方検事が主張するこの案件の争点なのですか」

守岡が、再度、訊ねる。佐方は即答した。

「そうです」

守岡は、首を左右に振った。

「こんな裁判、私は経験がありません」

守岡は、真剣な目で佐方を見た。

「あなたはこれでいいのですか」

佐方は肯いた。

「はい」

そのときの守岡の顔を、増田はいまも鮮明に覚えている。信じられないものを見るような表情だった。

増田も、佐方が公判で述べようとしている論告の内容を知ったときは、狼狽した。

報告を受けた筒井も同じだった。佐方の話を聞いた筒井は、副部長室の椅子で重い息を吐いた。

「道塚昌平の案件に関する調査結果はわかった。そこは、よく調べたと褒めてやろう。だが、お前がやろうとしていることは、今後、お前が検事として生きづらくなるかもしれんことだ。それでもいいのか」

佐方の返答に迷いはなかった。

「裁判は私のためにあるのではありません。罪をまっとうに裁くためにあるのです」

佐方の返事は、予想していたとおりだったのだろう。筒井はそれ以上、なにも言わなかった。小さく笑い、自分の薄くなった頭髪を撫でただけだった。

午後一時、裁判長の西條が背筋を伸ばした。

「時間です。これより、開廷します。被告人、証言台に立てますか」

昌平は、ふたりの刑務官に挟まれて、弁護人席の前の椅子にいた。項垂れた横顔は、二回目の取り調べをした三週間前より、さらにやつれていた。

昌平の胃の細胞検査の結果が出たのは、十日前だった。結果は、ステージⅣの胃がん。ひと月後に摘出手術を行うことになっている。

刑事訴訟法第三一四条による公判手続きの停止を検討したが、予定どおり進めることになった。医師の、患者の身体に負担がかからない程度ならば出廷は可能である、との意見と、なにより、被告人本人が出廷を強く望んだことが理由だ。

昌平の病状は、西條も知っている。

西條は公判前に、被告人の体調が思わしくなく公判を進めるのが難しいと判断した場合には休廷する、と裁判関係者に告げていた。できうることなら、公判期日も最短に止め連日開廷を望む、と言っている。胸に思うところなく治療に専念してほしい、という温情なのだろう。

昌平はゆっくり立ち上がると、証言台に立った。

西條が人定質問を行う。被告人の生年月日、氏名などを読み上げ間違いがないことを確認すると、佐方に起訴状の朗読を促した。

佐方はその場に立ち、起訴状を読み上げた。

「被告人は、平成十二年三月二十九日午前六時十五分ごろ、米崎市大里町川名三丁目付近の人目につかない山際において、母親の道塚須恵さん、八十五歳の頸部を手で絞めて殺害し、その場に遺棄したものである。罪名及び罰条、第一、殺人、刑法第一九九条。第二、死体遺棄、同法第一九〇条。以上の事実について審理願います」

佐方が椅子に座る。

西條は昌平に黙秘権があることを伝え、審理に入った。佐方が読み上げた起訴状について、公訴事実に間違いがないか確認する。

昌平は俯いたまま答えた。

「間違いありません」

守岡も答える。

「被告人と同様です」

続いて公判は、検察側の冒頭陳述に入った。

佐方は昌平の生い立ちや職歴を述べたあと、事件発生時の説明に入った。

傍聴席から見える形で設置されている大型のモニターに、事件現場の略地図が表示される。法壇にいる者と弁護人は、手元にある小型のモニターで確認する。

佐方は略地図にパソコンのカーソルを合わせながら、昌平が須恵を殺害した概要を述べ、死亡状況に言及した。

「須恵さんの死因は、被告人に頸部を手で圧迫され気道が閉塞したことによる窒息です。解剖の結果、絞められた箇所の骨にはひびが入っていました。解剖した医師の話によれば、高齢により骨が脆くなっていたとはいえ、かなりの力で絞めなければこのようなことにはならないとのことです。このことから被告人は事件当時、自分の行動が母親を死に至らしめるであろう認識はあったと思われます」

続いて、弁護側冒頭陳述が行われた。

モニターに、「公訴事実に関して」という文字が映し出される。

守岡は椅子から立ち上がると、法廷内を見渡した。

「公訴事実は争いません。母親を殺害したことは、被告人も認めています。状況や物的証拠もそれらを裏付けるものであり、被告人の自白が事実であることは明白です。私が法廷にいるみなさんに訴えたいことは、この事件はやむなくして起こったものであり、被告人と同じ立場なら、誰もが同じ過ちを犯しかねないものであるということです」

守岡は、昌平が地元へ戻ってきたのは母親の介護のためであり、日々、献身的に介護を続けてきたと主張した。

「被告人の供述によれば、生活保護の受給を拒んだ理由および働かなかった理由は、本人の怠惰と身勝手な考えによるものです。しかし、供述のとおりだったとしても、被告人の孤独と疲労がそう思わせたのだと思っています」

続いて守岡は、認知症の一般的な症状を取り上げ、そのなかでも須恵が認定されていたランクⅢがいかに症状が進んだ状態だったかを説明した。

守岡は、昌平がいかに大きな負担を強いられていたかを強調し、被告人にとって有利な事柄をあげた。

「しかしながら――」

守岡は、書類から顔をあげた。

「被告人が、本当の意味で母親を助けようとしていたならば、もっと国の福祉制度を利用すべきだったことは確かです。誰かに助けを求めていたら——ひとりで抱え込まなければ、今回の事件は起きなかった、そう思います」

守岡は、辛そうな表情で昌平を見た。

「残念です」

守岡が着座する。

ここで西條は、三十分の休廷を宣言した。

増田は佐方とともに、検事控室に戻った。

事務机に向かい書類の確認をしていると、ドアがノックされた。扉が開く。矢口だった。

「お疲れさま」

矢口は部屋に入ると、佐方の前に立った。顔に余裕の笑みが浮かんでいる。

「私の判断に難癖をつけて調べたはいいが、いまのところ、その必要はなかったようだな。予定どおり、進んでいるじゃないか」

控室は、関係者以外立入禁止だ。

増田は矢口に退室を促すために、椅子から腰を浮かせた。それを、佐方が手で制す。

立ち上がり、矢口を真っ向から見た。

「調べは必要でした」

矢口の表情が変わる。

佐方は強い口調で言う。

「被告人に罪があるのは事実です。しかし、私のもとへあがってきた一件記録では、被告人の罪をまっとうに裁かせることはできませんでした」

「なんだと」

矢口の声が荒くなる。

佐方と矢口の視線が激しくぶつかる。

増田は椅子から立ちあがり、ふたりのあいだに割ってはいった。矢口に言う。

「ここは関係者以外立入禁止です。ご退室ください」

矢口は佐方を睨みながら、言葉を吐き捨てた。

「公判、最後まで見せてもらう」

矢口が部屋を出ていく。

佐方は椅子に尻を戻すと、無言で読みかけの書類に手を伸ばした。

三十分後、午後二時二十分に、公判が再開された。

「ではこれから、証拠調べに入ります」

西條が告げる。

佐方は、ふたつの証拠を西條へ提出した。須恵の首に残っていた抵抗を示す吉川線が写っている書類、そして、須恵の爪に付着していた皮膚の一部と、昌平の皮膚のDNAが一致したと記されている鑑定結果だ。

続いて守岡が、道塚親子が暮らしていた家の様子が印刷されている書類と、残金が十三円の預金通帳のコピーを提出した。

昌平は与えられた椅子に座り、じっとしている。俯いたままだ。

法廷は、証人尋問に移った。

西條が手元の書類に、目をやる。

「出廷する証人は、弁護側、検察側それぞれ一名ですね。では、弁護側からお願いします」

証人尋問を弁護側、検察側どちらからはじめるかは、裁判所が関係者と協議して決定する。この案件に関しては、弁護側からはじめるほうが、事件関係者や傍聴人が事件の真相を受け止めやすいと裁判所が判断した。

守岡が証人として呼んだひとりは、畑中惣一だった。白いポロシャツの上に、グレーのジャケットを着ている。

畑中は、道塚家の近所で、ふたりの暮らしぶりを知っている人物として証言台に立った。宣誓をし、道塚親子について語る。内容は、増田と佐方が訪ねたときと、ほぼ同じものだった。

守岡が、畑中の証言をまとめる。

「では、昌平さんは須恵さんを長きにわたり、ひとりで介護していたんですね」

畑中は肯いた。

「そうです」

「その姿を見て、どのように思われましたか」

畑中は目を伏せると、重々しく答えた。

「辛い、そう思いました」

法廷が静寂に包まれる。

畑中が退廷した。

西條が、公判を進める。

「続いて、検察側の証人尋問をお願いします」

検察官側の後ろのドアが開いて、初老の男性が入ってきた。

法廷のなかが、ざわついた。傍聴人の目が、男性に注がれる。男性の服装は、緑の祭服だった。胸に、ロザリオをさげている。

まわりの様子がおかしいことに気づいたのか、昌平が顔をあげた。その目が見開かれる。口を半分開けたまま、目の前の男性を見つめた。

証言台に立った男性は、被告人席にゆっくりと顔を向けた。昌平を見つめる眼差しに、慈しみがこもっている。

男性が宣誓すると、佐方は人定質問をはじめた。

「氏名、野崎高一郎（のざきこういちろう）さんですね」

「はい」

少し低めの声で、野崎は答える。

「現在、どのようなお勤めをされていますか」

「米崎江南教会で神父をしております」

一度は静まった法廷が、再びざわつく。法に基づき罪を裁く場に、神の教えに従い罪を赦す者がいる。そのことに、戸惑っているのだろう。

ざわめきが落ち着くと、佐方は被告人席を見やった。

「そこにいる、道塚昌平さんをご存じですか」

野崎はいま一度、昌平に目をやった。視線を法廷の前方に戻し、肯く。

「はい、存じております」

「どこで知ったのですか」

突然、昌平が椅子から立ち上がった。野崎に向かって叫ぶ。

「待ってください！　それは、どうか――」

両側にいた刑務官が、力ずくで昌平を座らせた。

西條が注意する。

「被告人、落ち着いてください。それ以上騒ぐと、裁判所法第七一条二項に基づき退廷を命じますよ」

窘められ我に返ったのか、抵抗する力がないのか、昌平は大人しくなった。が、目は野崎に向けられたままだった。なにかを訴えるように、じっと見ている。

佐方は質問を続ける。

「教会へは、道塚さんが自ら行かれたのですか」

「はい、そうです」

「それはいつごろですか」

「二年ほど前になります」

野崎の証言は止められない、とわかったのだろう。昌平はがっくりと項垂れた。

「教会を訪れたきっかけは、なんだったのでしょう」

佐方が問う。

野崎は記憶を辿るように目を閉じた。

「昌平さんは、須恵さんのことで悩まれていらっしゃいました。私に——いえ、神に救いを求めてきたのです。教会のことは、布教のためにお配りしているチラシで知ったとおっしゃっていました」

野崎の証言によると、昌平は野崎に、母親の認知症が次第に重くなっていくこと、働きたくても母親から目が離せないためできないこと、福祉施設の利用は母親が嫌がるため難しいことなどを、話していたという。

佐方は証人尋問を進める。

「教会を訪れるのは、時々でしたか。それとも、頻繁でしたか」

野崎は目を開けた。

「道塚昌平さんが教会を訪れる日は、決まっていました」

「いつですか」

「毎週日曜日の朝七時から八時十分までです」

昌平が、出掛けていた時間だ。

「その日に、教会ではなにが行われているのですか」

佐方が問う。

野崎は大切なことを伝えるように、ゆっくりと答える。

「ミサを行っております」

「ミサ――」

佐方は復唱した。

「それは、昌平さんはミサに参列していたということですか」

野崎が肯く。

「そうです」

「毎週、ミサに参加されていたということは、被告人はキリスト教の信者なのですか」

野崎は佐方を見た。

「ミサには、信者の方も、そうでない方も参加できます。が、昌平さんは熱心なクリスチャンです」

法廷から、驚きの声があがった。神を信じる者が人を殺めたことに、多くの者がショックを受けたようだ。

西條が、静粛を求める。

「お静かに願います。公判に支障が出る場合は、一時休廷にします」

威厳を含んだ声に、法廷は一瞬にして収まった。

西條は佐方を見た。

「検察側、証人尋問を続けてください」

佐方は西條に一礼し、証人尋問を進める。

増田は、佐方と野崎のやり取りを聞きながら、佐方と江南町を訪れたときのことを思い出した。

江南陸上競技場の周辺で佐方が探していたものは、教会だった。

畑中から、毎週日曜日に昌平がひとりで出かけていた話を聞いた佐方は、昌平がミサに通っていたのではないかと推察した。

ミサは、イエス・キリストの復活を記念し、毎週日曜日に行われている。そのことに佐方は気づいたのだ。

佐方が、昌平がミサに参加していたと推察する理由は、もうひとつあった。

道塚家の茶の間に飾られていた、女性の絵だ。

西洋では絵画を描くとき、モチーフとする人物に関連した、持ち物や小道具が添えられることがある。アトリビュートと呼ばれるものだ。

女性は、遠目にもわかる鮮やかな青い布を纏っていた。青いマントは、聖母マリアの象徴だ。それを、佐方は知っていた。

青い布を纏った女性の絵が、聖母マリアだと確認した佐方は、昌平がキリスト教を信仰していると確信した。

どの宗教を信仰するかは人それぞれだ。無神論者もいる。だが、なにかを信じている者ならば、自分が罪を犯したとき、信じているものに縋るはずだ。そう考えた佐方は、増田を連れて江南町へ向かった。

昌平の供述と、コウノトリ便の尾形や田部、深水デイサービスの堀の話の相違から、佐方は昌平の殺人の計画性を否定していた。なにかしらの出来事があり、衝動的に殺した、そう考えていた。

須恵を殺したあと、我に返った昌平はどうしただろうか。自分がしでかしたことに驚き、動揺し、嘆いた。そして、ある場所へ向かった。それは、自分が信じるキリストのもと——ミサに通っていた教会だ、と佐方は睨んだ。

佐方の推論は、当たっていた。

佐方に促されて曲がり角に立った増田の目に映ったものは、教会の屋根のうえにそびえたっている十字架だった。

増田が記憶を辿っているあいだにも、公判は続く。

佐方は野崎に訊ねた。

「被告人は、母親を殺害したあと、教会を訪れた。そして、神父である野崎さんにすべてを打ち明けた。そうですね」

野崎は、はい、と答える。

「そのとき、被告人はどんな様子でしたか」

「ひどくとり乱していました。なにを聞いても、自分はとんでもないことをしてしまった、と泣くばかりで、私も困惑しました。なんとか落ちつかせて懺悔室で話を聞いたところ、母親を殺した、と告白したのです」

事件当日、昌平はその日も、昼夜問わない須恵の徘徊につきあっていた。

前日の夜、須恵が一晩中暴れ、昌平は寝ていなかった。このころの須恵は、昌平のこともわからなくなり、意味不明なことを口走るようになっていた。

事件が起きた朝、須恵は殺害現場となった山際まで自ら歩いていくと、ついてきた昌平に殴りかかってきた。罵詈雑言を吐き、昌平を詰る。

お前なんか死んでしまえ、須恵のその叫びに、昌平の心の糸が切れた。気がつくと、息絶えた母親のそばにいた。

そしてもうひとつ、昌平には母親を殺めた重大な理由があった。

増田は佐方を見た。

静まりかえった法廷に、佐方の声が響く。

「そのとき、教会にはほかに誰もいなかったのですか」

野崎は肯く。

「ミサがない日の朝は、なにもない限り私ひとりです」

「被告人の話を聞いて、野崎さんはどう思われましたか」

野崎は目を閉じた。

「神に救いを求めました」

「告白したあと、被告人はどうしましたか」

「自分も母親のあとを追う、と言いました」

佐方は野崎にいう。

「いま、自分も母親のあとを追う、そう被告人が言ったとおっしゃいましたね。それは間違いありませんか」

野崎は佐方を見た。はっきりとした声で言う。

「間違いありません」

「ということは、被告人は逃亡する意思はなかった、ということですか」

野崎は肯いた。

「そうです。昌平さんに逃げるつもりなど、最初からありませんでした」

「しかし、被告人は遺体を山中に隠しています。それは逃げる時間を稼ぐためではなかったのですか」

野崎は否定する。

「違います。昌平さんが、須恵さんの亡骸(なきがら)を山中に隠したのは、懺悔をしたあとその場所へ戻り、母親のそばで命を絶つためです」

佐方は質問を続ける。

「自ら命を絶つ、そう訴える被告人にあなたはなんと言いましたか」

「それはいけません、神の教えに背きます、と言いました」

キリスト教は自殺を禁じている。罪を犯した者は、生きて悔い改めなければいけない。

増田は、米崎江南教会の窓にあったステンドグラスを思い出した。百合の花が、象られていた。

「そして、あなたはどうしましたか」

佐方が訊ねる。

野崎は答えた。

「自首を勧めました。法のもとに裁かれ、罪を償いなさい、と言いました」

「昌平さんは、何と答えましたか」

「最初は私の言葉を受け入れませんでしたが、神の教えに従い説得すると、ようやく肯きました」

野崎の証言は続く。

「昌平さんの逮捕は、ニュースで知りました。昌平さんが罪を償い、健やかに過ごされることを祈っていましたが、まさか、こんなことになっているなんて――」

野崎が言葉に詰まる。

佐方は、裁判官と傍聴人を順に見やった。

「いまの証言をお聞きになりましたか。被告人は逃亡しようとしていたのではありません。それどころか、自首をしようとしていたのです」

増田は、昌平を見た。

昌平は深く項垂れたままだ。顔は見えない。

西條が佐方に訊ねた。

「では、被告人は嘘の供述をしていた、ということですか」

佐方は西條を見た。

「そうです」

西條が、わからないというように、首を横に振る。

「供述を偽ることは、残念ながらあることです。その大半は、自分に有利な判決へと導くためです。しかし、被告人は自分の不利になる供述をしています」

佐方は同意した。

「私も、そこが最後までわかりませんでした。しかし、あることを知ったとき、すべてが繫がりました」

「それはなんですか」

西條が問う。

佐方は答えた。

「被告人が病に侵されていることです」

佐方は、法廷内を見渡し、声を張った。

「被告人は、自分が命にかかわる病を患っていると知っていました。自殺を断念した被告人は、どうすれば神の教えに逆らわずに、一日でも早く母のもとへ行けるか考えた。そして、刑務所に少しでも長く入所し、牢のなかで息絶えようと思ったのです」

法廷内に動揺が走る。

傍聴席にいる者たちは、狼狽えたように互いの顔を見合わせ、報道席にいる記者たちは、興奮した様子でノートにペンを走らせる。

「お静かに、お静かに願います」

西條が静粛を求める。

増田は安藤内科を訪れたときのことを回想した。安藤内科は、大里町にある医院だ。

野崎から話を聞き教会を出た増田と佐方は、大里町周辺の病院を調べた。

増田から、昌平がステージⅣの胃がんであると聞いた佐方は、そこまで悪くなっているのだとしたら、昌平には以前から自覚症状があったはずだ、と考えた。それが立証されれば、自分が先立ったあとひとりになる母親を哀れみ、衝動的に手にかけた、という推察が成り立つ。

昌平のカルテがある病院を見つけたのは、調べはじめてから三日目だった。それが、安藤内科だ。

カルテによれば、昌平は須恵を殺害する二か月前に、安藤内科を受診していた。昌平を診た医師は、身体の症状と触診から、すでに病状はあまりよくない、と判断したという。昌平に、総合病院への紹介状を渡し、そこで精密検査を受けるように勧めたが、昌平が受診したかどうかはわからない、と言った。

佐方は西條に向かって言う。

「被告人は、自ら命を絶てない。しかし、真実を伝えたら情状酌量で量刑が軽くなってしまうかもしれない。病で息絶える前に刑務所から出てしまったら、悔いに負けてキリスト教の教えに背いてしまうかもしれない、そう考えた。だから、少しでも量刑が重くなるように、自分に不利な供述をしたのです」

西條はなにも言わない。右陪席も左陪席も同様だった。

野崎が退廷したあと、公判は、最後の検察官の論告・求刑、弁護人の最終弁論、被告人の最終陳述に入った。

佐方は椅子から立ち上がった。

公判で述べた内容を端的にまとめて、被告人に逃亡の意思はなかったと説明した。むしろ、自責の念にかられ自殺まで考えていたことを強調する。

佐方は手にしていた書類を閉じると、西條に向かって姿勢を正した。

「論告は以上です。いまお伝えした事情を考慮し、被告人に懲役二年、執行猶予五年を求刑します」

報道席にいる記者たちから、驚きの声があがる。三人の裁判官も、互いに顔を見合わせた。

通常、検察側が執行猶予を求めることはない。皆無に等しいケースだ。

増田は肩越しに振り返った。矢口を見る。腕を組み、恐ろしい顔で佐方を睨んでいた。

矢口が佐方に言ったように、検察官は被告人を処罰する役割を担っている。情状を慮り、執行猶予を求めるのは弁護側の役割だ。

佐方が椅子に座ると、西條は公判を進めた。

「弁護人、最終弁論をお願いします」

法廷が再び静かになる。

守岡の最終弁論は短いものだった。佐方の論告・求刑をなぞる形で終わる。

西條は昌平を証言台に立つよう促した。被告人の最終陳述だ。

西條を前にした昌平は、項垂れていた。立っているのがやっと、そんな風情だ。

「被告人、最後に言っておきたいことはありますか」

西條は穏やかに話しかけた。

昌平は黙っている。なにも言わない。

西條は質問を変えた。

「では、いま母親に伝えたいことはありますか」

昌平の肩が震えた。震えは腕を伝い、脚に及ぶ。

「被告人、答えてください」

西條は答えを促す。

震える背中から、小さな声が聞こえた。

「ごめん、と」

掠（かす）れた声も、震えている。

「母ちゃん、死なせてごめん。会いたいよ——そう言いたいです」

昌平の嗚咽（おえつ）が法廷に響く。

法廷内が静まり返る。口を開く者はいない。誰もが、昌平の声にじっと耳を傾けている。

西條が、口を開いた。

「人間は、誰もが同じ場所へ行きつきます。地位がある人も無名な人も、裕福な人も貧しい人も、みな同じです」

西條は昌平に語り掛ける。

「あなたもいつか必ず、お母さんに会えます。そのときまで、生きてください」

西條は姿勢を正し、明日の十時から判決を言い渡すと伝えた。

「これで、閉廷します」

西條の声が法廷に響く。

腰ひもをつけられた昌平は、刑務官に伴われて退廷した。


法廷を出ると、廊下に矢口がいた。

怒りを堪えるような表情で、こちらに近づいてくる。

矢口は佐方の前に立ちはだかり、睨んだ。

「いい裁判だった。明日の新聞には、大きく記事が載るだろう。見出しは『検察側異例の求刑』と言ったところか」

「ありがとうございます」

佐方は軽く会釈をして、歩き出した。その背に、矢口が吐き捨てる。

「検察に、泥を塗りやがって」

佐方は足を止めた。振り返る。

佐方と矢口の視線がぶつかる。

佐方は矢口に向かって言った。

「さきほど矢口さんは今日の公判を、いい裁判だった、と言いましたよね。今回、罪はまっとうに裁かれました。それのどこが、検察に泥を塗ることになるのですか」

矢口が言い返す。

「検察の立場はどうなる。正義を守るべき組織の権威を、お前は貶めたんだぞ」

佐方は引かない。矢口に詰め寄る。

「立場なんて関係ありません。私は、自分の信義を守るだけです」

これ以上話しても無駄だと思ったのか、矢口は口を堅く結んだ。ひと言だけ言う。

「信念を貫こうと思ったら、ときには泥水を飲まなければいけない。それがわからないお前は、未熟だ」

矢口が立ち去る。

増田は廊下を歩いていく矢口の背中を見つめた。

矢口が言いたいことはわかる。世の中、きれいごとだけでは、渡っていけない。ときに、泥水を飲む覚悟も必要だ。が、泥水を飲む自分を許してはいけない。許してしまったら、罪をまっとうに裁かせる資格を失ってしまう。そう佐方は考えているのではないか。だから佐方は、些細な疑問に全力で挑むのではないか。

佐方が、手にしていた書類で自分の肩を叩いた。

「少し疲れました。屋上にいってきます」

屋上は、喫煙所になっている。

増田は、手にしている書類を見た。公判の報告を、筒井にしなければならない。きっと気を揉みながら、佐方と増田を待っている。

そう伝えると、佐方は気まずそうな顔をした。どのような報告内容だとしても、筒井はなにか小言を言わなければ気が済まない。その性格を、佐方も知っているのだ。

「一本だけ、いけませんか」

増田はこみあげる笑いを堪えた。事件に関しては、誰にも屈せず、自分の信義を守りぬく強さを持っているのに、それ以外では、とたんに意気地がなくなる。

増田は折れた。

「一本だけですよ」

佐方は増田に礼を言い、屋上へ続く階段へ向かった。

屋上は、春の爽やかな風が吹いていた。佐方が、旨そうにハイライトを吸う。

増田は佐方の隣で、街路樹の青葉を見つめた。おそらく西條は、求刑どおりの判決を言い渡すだろう。そのとき、昌平はどうするのだろうか。辛さに耐えきれず、自ら命を絶つ欲望に負けてしまうのではないか。

いや、増田は自分の考えを、頭のなかで打ち消した。

人は、自分が想像しているより強い。どんなに辛くても、もうだめだと思っても、乗り越える力を持っている。冬に枯れても、春に芽吹く青葉のように、人間も立ち直る力を持っているはずだ。

増田の脳裏に、病院を退院して母親の墓参りをする、昌平の姿が浮かぶ。その横には、寄り添うように野崎がいた。

強い風が吹いた。佐方は、フィルターだけになった煙草を灰皿で揉み消し、増田をちらりと見た。

「もう一本、だめですか」

増田は吹き出し、首を横に振った。

「筒井副部長への報告が先です」

佐方は渋々、煙草の箱を、懐に戻した。

「覚悟を決めて、小言を言われに行きましょう」

増田は先に立って歩いた。気が進まない足どりで、佐方があとからついてくる。

階段をおりる増田の頭に、筒井がため息を吐きながら、頭髪を撫でる姿が浮かんだ。

【謝辞】

本作を執筆するにあたり、酒井邦彦弁護士から法律上の監修をいただきました。
この場を借りて御礼申し上げます。法律上の誤謬に関しての文責は、すべて著者にあります。

解説

志水辰夫

この稿を書くにあたり、現在発売中の佐方貞人シリーズ『最後の証人』『検事の本懐』『検事の死命』それに本書の四作を送ってもらい、すべて目を通した。時間的にいえば二〇一〇年から一九年まで、ほぼ十年にわたって執筆された作品群である。

デビュー後十年足らずで、もうライフワークになろうかというこれらの作品を書きつづけている作者のエネルギーにまず感嘆する。これほど短期間に、これほど著しい進境を遂げた作家もいないと思うのである。

現に多くのファンがついているようで、文庫本三冊の奥付を見てびっくりした。二十一刷、二十二刷、二十一刷と、小説が売れなくなっている昨今の出版界では考えられない増刷を重ねている。

出版不況の深刻さが増し、小説の読者は減る一方、作家の時間給などコンビニのバイトより低いんじゃないかと思われるのが偽らざる現状なのだ。

わたしなどまだ栄光が残っていた時代にデビューできたから、その恩恵にもあずかれた。だから最近の作家は気の毒だなあと、つねづね思いつづけていた。柚月クラスの中堅作家が、いちばん苦しいんじゃないだろうかと同情していたのだ。

余計なお世話でした。いまや飛ぶ鳥を落とす勢いの売れっ子作家だったなんて、まったく知らなかった。

山形の小説講座に招かれ、作品を読んで講評したのが、作者との出会いだった。

文章が素直で、ことばの使い方が初々しかったのを褒めたと覚えているが、それでもまさか、プロになれるとまでは思わなかった。

ほんの、十数年前のことである。彼女の保持していた能力が想像の埒外（らちがい）であったことを、いまは率直に認めざるを得ない。

ネットをのぞいて読者の声も渉猟してみた。

熱烈なコメントであふれていた。多くが男性で、年齢層も幅広い。

ほとんどが主人公である佐方貞人の生き方に感動し、共鳴したり自分の理想を重ねたりして、今後の指針にしたいとばかり異様なほどボルテージが高い。

佐方という人物は、一言でいうなら職務に忠実な融通の利かない正義漢だ。

奉職しているところが地検という上意下達を旨とする組織であってみれば、職責をまっとうしようとすればするほど軋轢（あつれき）が起こり、抵抗や圧力が増してくる。

シリーズの大方のストーリーはその過程を描くことに費やされているのだが、佐方はどのような圧力を受けようとけっして屈しない。すったもんだしながらも最後は、多少かたちは崩れようが信条に背かない結果を勝ち取って行く。

読者にしてみたらそのカタルシスがたまらないわけで、一度読んだらまたつぎも読みたくなる中毒性と刺激に満ちている。

しかし読者の声を読んでいるうち、デジャビューのような、既視感にとらわれてしまうことに気づいた。とりたてて新味のない、どこかで聞いたようなことばやフレーズであふれているのだ。

言ってしまえば、読書体験として通過しなければならないアイテムのようなもの、つまりこのシリーズは、人が成長して行く過程で一度は読むことにはまってしまうタイプの小説だということだ。

なにも貶(おとし)めるつもりでこんなことを言い出したのではない。わたしの年代で言うなら、山本周五郎(やまもとしゅうごろう)の時代小説がそれに当たっていた。

彼の晩年の代表作『樅(もみ)ノ木は残った』や『ながい坂』は、当時の日本人の絶大な賞賛と共感を得て、彼をして当代随一の国民作家へと押し上げた。

二作とも一九五〇年代から六〇年代にかけて執筆されている。日本経済が戦後復興を成し遂げ、未曾有(みぞう)の繁栄期へ向かって疾駆していた時代と軌を一にしているのだ。

当時の世相を知らない人でも、新幹線の開業と東京オリンピックの開催が六四年であったといえば、どのような時代であったか、なんとなく想像していただけるのではないだろうか。

主人公は、いずれも幕藩体制の中で藩政に携わっていた上級武士である。とくに前者は仙台伊達家の家老であった原田甲斐という実在の人物で、お家騒動の悪役としてよく知られていた。周五郎はその評価に従来とちがう光を当て、あらたな人物像をつくり出した。

その苦難の軌跡と内的葛藤は、時こそちがえ現代と重なっていることを明らかにし、手探りしながらやみくもに突っ走らされていた当時の日本人の感性を揺さぶらずにはおかなかったのだ。

周五郎はこの二作が頂点であったとも思えない六七年、六十三歳で他界してしまうのだが、つぎはどんなものを書いたか、できたら読みたかったと惜しまれた。人間いかに生きるべきか、昭和という時代の変転を周五郎とともに読者も併走していたのである。

佐方シリーズも認知症、飲酒運転、連続放火、贈収賄と、題材に時代を配しながら、つぎつぎと起こる事件に立ち向かう佐方の行動が活写される。

職務に忠実なあまり地検には五年しか留まることができず、以後は在野の弁護士として一八〇度ちがう立場から事件を処理する。

その行動は快刀乱麻というにはほど遠く、ときには読んでいるほうがいらいらするくらい鈍重で、感受性も鋭いとは思えない。仕事を除いたらなにも残らないような生活感の乏しさ、情緒や人間としての膨らみにも欠け、どう見てもヒーローにはなりそうもないタイプなのである。

それでいながら強烈な読後感を残してしまうのは、どのような事態に陥ろうと信念が揺らぐことはない佐方の一貫した姿勢に読者が魅了されるからだ。佐方が愚直であればあるほど、彼に託する読者の心情が作者に寄り添ってしまうのである。

佐方の生き方の源は、シリーズで繰り返される父親のエピソードに求められる。佐方の父親陽世(ようせい)は郷里を代表する大物弁護士でありながら、晩年は業務上横領罪に問われ、潔白を主張することなく服役、そのまま獄死してしまう。

その理由が依頼人との信頼関係、友人と交わした約束を守るため罪に問われたというのだから、これくらい愚直な生き方もない。

佐方は郷里へ何度も足を運ぶうち、父の死の真相を知る。知ることによって、以後の生き方が形成されてしまう。

人が人を信頼するとはどういうことか、ただの口約束を、自己の人生を捨ててまで守り通した父親ほど愚直で、ぶれない人間はなかった。同じ道を歩いている佐方が、この父親に自己を照射して生き方の範としなかったはずはないだろう。きれい事に過ぎるかもしれないが、シリーズの最大の魅力が佐方のこの覚醒にあることはまちがいないのである。

よく知られている話だが、作者は一一年の東日本大震災で父親を亡くしている。行方不明になった父を探し、何度も郷里へ足を運び、ついには遺骸と対面するという劇的な体験をしている。父を見つけるまでは震災を過去のものにすまいとした腹の据わり方、強固な意志、柚月裕子という作家の根源がここにある。

作者の描く母親像はありきたりで、精彩があるとは言えない。それが父親像となるとじつに精緻で、陰影に富んだものとなる。無念の死を遂げた父親への敬愛と哀惜、なによりもリスペクトが、作者の血となって不断に流れており、読者はこの小説を読むたびその脈動に触れ、あたかも自分の内なる鼓動を探り当てたかのような感激に浸るのである。

本書は、二〇一九年四月に小社より刊行された
単行本を文庫化したものです。
この物語はフィクションです。
実在の個人・団体とはいっさい関係ありません。

検事の信義

柚月裕子

令和3年 10月25日　初版発行
令和6年 5月15日　4版発行

発行者●山下直久

発行●株式会社KADOKAWA
〒102-8177　東京都千代田区富士見2-13-3
電話　0570-002-301(ナビダイヤル)

角川文庫 22866

印刷所●株式会社KADOKAWA
製本所●株式会社KADOKAWA

表紙画●和田三造

●お問い合わせ
https://www.kadokawa.co.jp/（「お問い合わせ」へお進みください）
※内容によっては、お答えできない場合があります。
※サポートは日本国内のみとさせていただきます。
※Japanese text only

ISBN 978-4-04-111542-8　C0193

◆◇◇

角川文庫発刊に際して

角川源義

第二次世界大戦の敗北は、軍事力の敗北であった以上に、私たちの若い文化力の敗退であった。私たちの文化が戦争に対して如何に無力であり、単なるあだ花に過ぎなかったかを、私たちは身を以て体験し痛感した。西洋近代文化の摂取にとって、明治以後八十年の歳月は決して短かすぎたとは言えない。にもかかわらず、近代文化の伝統を確立し、自由な批判と柔軟な良識に富む文化層として自らを形成することに私たちは失敗して来た。そしてこれは、各層への文化の普及滲透を任務とする出版人の責任でもあった。

一九四五年以来、私たちは再び振出しに戻り、第一歩から踏み出すことを余儀なくされた。これは大きな不幸ではあるが、反面、これまでの混沌・未熟・歪曲の中にあった我が国の文化に秩序と確たる基礎を齎らすためには絶好の機会でもある。角川書店は、このような祖国の文化的危機にあたり、微力をも顧みず再建の礎石たるべき抱負と決意とをもって出発したが、ここに創立以来の念願を果すべく角川文庫を発刊する。これまで刊行されたあらゆる全集叢書文庫類の長所と短所とを検討し、古今東西の不朽の典籍を、良心的編集のもとに、廉価に、そして書架にふさわしい美本として、多くのひとびとに提供しようとする。しかし私たちは徒らに百科全書的な知識のジレッタントを作ることを目的とせず、あくまで祖国の文化に秩序と再建への道を示し、この文庫を角川書店の栄ある事業として、今後永久に継続発展せしめ、学芸と教養との殿堂として大成せんことを期したい。多くの読書子の愛情ある忠言と支持とによって、この希望と抱負とを完遂せしめられんことを願う。

一九四九年五月三日

角川文庫ベストセラー

最後の証人　柚月裕子

弁護士・佐方貞人がホテル刺殺事件を担当することに。被告人の有罪が濃厚だと思われたが、佐方は事件の裏に隠された真相を手繰り寄せていく。やがて7年前に起きたある交通事故との関連が明らかになり……。

検事の本懐　柚月裕子

連続放火事件に隠された真実を追究する「樹を見る」、東京地検特捜部を舞台にした「拳を握る」ほか、正義感あふれる執念の検事・佐方貞人が活躍する、司法ミステリ第2弾。第15回大藪春彦賞受賞作。

検事の死命　柚月裕子

電車内で痴漢を働いたとして会社員が現行犯逮捕された。容疑者は県内有数の資産家一族の婿だった。担当検事・佐方貞人に対し不起訴にするよう圧力がかかるが……。正義感あふれる男の執念を描いた、傑作ミステリー。

孤狼（ころう）の血　柚月裕子

広島県内の所轄署に配属された新人の日岡はマル暴刑事・大上とコンビを組み金融会社社員失踪事件を追う。やがて複雑に絡み合う陰謀が明らかになっていき……男たちの生き様を克明に描いた、圧巻の警察小説。

凶犬の眼　柚月裕子

マル暴刑事・大上章吾の血を受け継いだ日岡秀一。広島の県北の駐在所で牙を研ぐ日岡の前に現れた最後の任侠・国光寛郎の狙いとは？　日本最大の暴力団抗争に巻き込まれた日岡の運命は？『孤狼の血』続編！

角川文庫ベストセラー

魔物　(上)(下)　新装版　大沢在昌

麻薬取締官の大塚はロシアマフィアの取引の現場をおさえるが、運び屋のロシア人は重傷を負いながらも警官2名を素手で殺害、逃走する。あり得ない現実に戸惑う大塚。やがてその力の源泉を突き止めるが――。

B・D・T［掟の街］　新装版　大沢在昌

不法滞在外国人問題が深刻化する近未来東京。急増する身寄りのない混血児「ホープレス・チャイルド」が犯罪者となり無法地帯となった街で、失踪人を捜す私立探偵ヨヨギ・ケンの前に巨大な敵が立ちはだかる！

深夜曲馬団（ミッドナイト・サーカス）　新装版　大沢在昌

作品への手応えを失いつつあるフォトライターが出会ったのは、廃業寸前の殺し屋だった――。「鏡の顔」他、4編を収録した、初期大沢ハードボイルドの金字塔。日本冒険小説協会最優秀短編賞受賞作品集。

天使の牙　(上)(下)　新装版　大沢在昌

麻薬組織の独裁者の愛人・はつみが警察に保護を求めてきた。極秘指令を受けた女性刑事・明日香がはつみと接触するが、2人は銃撃を受け瀕死の重体に。しかし、奇跡は起こった――。冒険小説の新たな地平！

天使の爪　(上)(下)　新装版　大沢在昌

麻薬密売組織「クライン」のボス・君国の愛人の身体に脳を移植された女性刑事・アスカ。過去を捨て、麻薬取締官として活躍するアスカの前に、もうひとりの脳移植者が敵として立ちはだかる。

角川文庫ベストセラー

ドミノ　恩田　陸

一億の契約書を待つ生保会社のオフィス。下剤を盛られた子役の麻里花。推理力を競い合う大学生。別れを画策する青年実業家。昼下がりの東京駅、見知らぬ者同士がすれ違うその一瞬、運命のドミノが倒れてゆく！

ユージニア　恩田　陸

あの夏、白い百日紅の記憶。死の使いは、静かに街を滅ぼした。旧家で起きた、大量毒殺事件。未解決となったあの事件、真相はいったいどこにあったのだろうか。数々の証言で浮かび上がる、犯人の像は——。

チョコレートコスモス　恩田　陸

無名劇団に現れた一人の少女。天性の勘で役を演じる飛鳥の才能は周囲を圧倒する。いっぽう若き女優響子は、とある舞台への出演を切望していた。開催された奇妙なオーディション、二つの才能がぶつかりあう！

メガロマニア　恩田　陸

いない。誰もいない。ここにはもう誰もいない。みんなどこかへ行ってしまった——。眼前の古代遺跡に失われた物語を見る作家。メキシコ、ペルー、遺跡を辿りながら、物語を夢想する、小説家の遺跡紀行。

夢違　恩田　陸

「何かが教室に侵入してきた」。小学校で頻発する、集団白昼夢。夢が記録されデータ化される時代、「夢判断」を手がける浩章のもとに、夢の解析依頼が入る。子供たちの悪夢は現実化するのか？

角川文庫ベストセラー

雪月花黙示録　恩田　陸

私たちの住む悠久のミヤコを何者かが狙っている……！　謎×学園×ハイパーアクション。恩田陸の魅力全開、ゴシック・ジャパンで展開する『夢違』『夜のピクニック』以上の玉手箱!!

私の家では何も起こらない　恩田　陸

小さな丘の上に建つ二階建ての古い家。家に刻印された人々の記憶が奏でる不穏な物語の数々。キッチンで殺し合った姉妹、少女の傍らで自殺した殺人鬼の美少年……そして驚愕のラスト！

失われた地図　恩田　陸

これは失われたはずの光景、人々の情念が形を成す「裂け目」。かつて夫婦だった鮎観と遼平は、裂け目を封じることのできる能力を持つ一族だった。息子の誕生で、2人の運命の歯車は狂いはじめ……。

軌跡　今野　敏

目黒の商店街付近で起きた難解な殺人事件に、大島刑事と湯島刑事、そして心理調査官の島崎が挑む。（「老婆心」より）警察小説からアクション小説まで、文庫未収録作を厳選したオリジナル短編集。

熱波　今野　敏

内閣情報調査室の磯貝竜一は、米軍基地の全面撤去を前提にした都市計画が進む沖縄を訪れた。だがある日、磯貝は台湾マフィアに拉致されそうになる。政府と米軍をも巻き込む事態の行く末は？　長篇小説。

角川文庫ベストセラー

鬼龍　今野　敏

鬼道衆の末裔として、秘密裏に依頼された「亡者祓い」を請け負う鬼龍浩一。企業で起きた不可解な事件の解決に乗り出すが……恐るべき敵の正体は？　長篇エンターテインメント。

陰陽　鬼龍光一シリーズ　今野　敏

若い女性が都内各所で襲われ惨殺される事件が連続して発生。警視庁生活安全部の富野は、殺害現場で謎の男・鬼龍光一と出会う。祓師だという鬼龍に不審を抱く富野。だが、事件は常識では測れないものだった。

憑物　鬼龍光一シリーズ　今野　敏

渋谷のクラブで、15人の男女が互いに殺し合う異常な事件が起きた。さらに、同様の事件が続発するが、その現場には必ず六芒星のマークが残されていた……警視庁の富野と祓師の鬼龍が再び事件に挑む。

豹変　鬼龍光一シリーズ　今野　敏

世田谷の中学校で、3年生の佐田が同級生の石村を刺す事件が起きた。だが、取り調べで佐田は何かに取り憑かれたような言動をして警察署から忽然と消えてしまった――。異色コンビが活躍する長篇警察小説。

殺人ライセンス　今野　敏

高校生が遭遇したオンラインゲーム「殺人ライセンス」。ゲームと同様の事件が現実でも起こった。被害者の名前も同じであり、高校生のキュウは、同級生の父で探偵の男とともに、事件を調べはじめる――。

角川文庫ベストセラー

天上の葦（あし）（上）（下）　太田愛

渋谷の交差点で空の一点を指さして老人が絶命した。同日に公安警察の山波が失踪。老人の調査を依頼された興信所の鑓水と修司、停職中の刑事・相馬の3人は、老人と山波がある施設で会っていたことを知る。

メゾン・ド・ポリス
退職刑事のシェアハウス　加藤実秋

新人刑事の牧野ひよりが上司の指示で訪れた先は、退職した元刑事たちが暮らすシェアハウスだった！　敏腕、科捜のプロ、現場主義に頭脳派。事件の話を聞くうち刑事魂が再燃したおじさんたちは――。

破門　黒川博行

映画製作への出資金を持ち逃げされたヤクザの桑原と建設コンサルタントの二宮。失踪したプロデューサーを追い、桑原は本家筋の構成員を病院送りにしてしまう。組同士の込みあいをふたりは切り抜けられるのか。

喧嘩（すてごろ）　黒川博行

ヤクザ絡みの依頼を請け負った二宮がやむを得ず頼ったのは、組を破門された桑原だった。議員秘書と極道が貪り食う巨大利権に狙いを定めた桑原は大立ち回りを演じるが、後ろ楯を失った代償は大きく――？

海の稜線　黒川博行

大阪府警の刑事コンビ〝ブンと総長〟は、東京からやってきた新人キャリア上司に振り回される。高速道路での乗用車爆破事件とマンションで起きたガス爆発。2つの事件は意外にも過去の海難事故につながる。

角川文庫ベストセラー

アニーの冷たい朝　黒川博行

若い女性が殺された。遺体は奇抜な化粧を施されていた。事件は連続殺人事件に発展する。大阪府警の刑事・谷井は女性の恋心を弄ぶ詐欺師の男にたどり着く。刑事の執念と戦慄の真相に震えるサスペンス。

ドアの向こうに　黒川博行

腐乱した頭部、ミイラ化した脚部という奇妙なバラバラ死体。そして、密室での疑惑の心中。大阪で起きた2つの事件は裏で繋がっていた？　大阪府警の〝ブンと総長〟が犯人を追い詰める！

暗躍捜査　警務部特命工作班　末浦広海

不祥事に絡んだ警察官を調査し、事件を極秘裏に処理することを任務とする、警務部特命工作班。工作班の岩永は、警察内部から流出した可能性のある覚醒剤が原因で起きた通り魔殺人の捜査に乗り出すが——。

逸脱　捜査一課・澤村慶司　堂場瞬一

10年前の連続殺人事件を模倣した、新たな殺人事件。県警を嘲笑うかのような犯人の予想外の一手。県警捜査一課の澤村は、上司と激しく対立し孤立を深める中、単身犯人像に迫っていくが……。

黒い紙　堂場瞬一

大手総合商社に届いた、謎の脅迫状。犯人の要求は現金10億円。巨大企業の命運はたった1枚の紙に委ねられた。警察小説の旗手が放つ、企業謀略ミステリ！

角川文庫ベストセラー

十字の記憶
堂場瞬一

新聞社の支局長として20年ぶりに地元に戻ってきた記者の福良孝嗣は、着任早々、殺人事件を取材することになる。だが、その事件は福良の同級生2人との辛い過去をあぶり出すことになる――。

約束の河
堂場瞬一

幼馴染で作家となった今川が謎の死を遂げた。法律事務所所長の北見貴秋は、薬物による記憶障害に苦しみながら、真相を確かめようとする。一方、刑事の藤代は、親友の息子である北見の動向を探っていた――。

砂の家
堂場瞬一

「お父さんが出所しました」大手企業で働く健人に、弁護士から突然の電話が。20年前、母と妹を刺し殺して逮捕された父。「殺人犯の子」として絶望的な日々を送ってきた健人の前に、現れた父は――。

警視庁監察室
ネメシスの微笑

中谷航太郎

高井戸署の交番勤務の警察官・新海真人は、妹の麻里を「事故」で喪った。妹の死は、危険ドラッグ飲用による中毒死だったが、その事件で誰も裁かれることはなかった。その時から警察官としての人生が一変する。

脳科学捜査官 真田夏希
鳴神響一

神奈川県警初の心理職特別捜査官・真田夏希は、医師免許を持つ心理分析官。横浜のみなとみらい地区で発生した爆発事件に、編入された夏希は、そこで意外な相棒とコンビを組むことを命じられる――。

角川文庫ベストセラー

白衣の嘘
長岡弘樹

あの先生、嘘をついているかもしれない――。主治医と患者、研修医と指導医……そこには悲哀にみちた人間ドラマがある。医療の現場を舞台に描き出す、鮮やかな謎と予想外の結末。名手によるミステリ集。

崩れる
結婚にまつわる八つの風景

貫井徳郎

崩れる女、怯える男、誘われる女……ストーカー、DV、公園デビュー、家族崩壊など、現代の社会問題を「結婚」というテーマで描き出す、狂気と企みに満ちた、7つの傑作ミステリ短編。

北天の馬たち
貫井徳郎

横浜・馬車道にある喫茶店「ペガサス」のマスター毅志は、2階に探偵事務所を開いた皆藤と山南の仕事を手伝うことに。しかし、付き合いを重ねるうちに、毅志は皆藤と山南に対してある疑問を抱いていく……。

女が死んでいる
貫井徳郎

二日酔いで目覚めた朝、ベッドの横の床に見覚えのない女の死体があった。俺が殺すわけがない。知らない女だ。では誰が殺したのか――?(「女が死んでいる」)表題作他7篇を収録した、企みに満ちた短篇集。

さまよう刃
東野圭吾

長峰重樹の娘、絵摩の死体が荒川の下流で発見される。犯人を告げる一本の密告電話が長峰の元に入った。それを聞いた長峰は半信半疑のまま、娘の復讐に動き出す――。遺族の復讐と少年犯罪をテーマにした問題作。